拙者、妹がおりまして⑩

馳月基矢

双葉文庫

目次

主な登場人物

白瀧勇実（二五）

手習所の師匠。唐土の歴史に通じており、漢籍の写本制作も請け負っている。家禄三十俵二人扶持の御家人で、今は亡き父・源三郎（享年四六）の代に小普請入りした。母は十の頃に亡くしている（享年三二）。のんびり屋の面倒くさがりで出不精。

白瀧千紘（一九）

勇実の六つ下の妹。気が強く、兄の勇実を尻に敷いている。機転が利いて、世話焼きでお節介。その反面、自身の色恋となると、なかなか前に進めない。将来は手習いの師匠になりたいと考え、初めての筆子・桐と一緒に奮闘中。

なかなか届かない

なかなか進まない

―― 恋心
- - - 友情

亀岡菊香（二一）

猪牙舟から大川に落ちたところを勇実に助けられた。それがきっかけで千紘とは無二の親友に。おっとりとした物腰で他者に対しては優しいが、自分の身を蔑ろにするようなところも。剣術ややわらの術を得意とする。

矢島龍治（二三）

白瀧家の隣家・矢島家にある剣術道場の跡取りで師範代。細身で上背はないものの、身のこなしが軽くて腕が立ち、特に小太刀を得意とする。面倒見がよく、昔から兄の勇実以上に千紘のわがままを聞いてきた。

矢島与一郎（四七）…… 龍治の父。矢島道場の主。昔からたびたび捕物に力を貸している。
矢島珠代（四四）………… 龍治の母。小柄できびきびしている。
亀岡甲蔵（四九）………… 家禄百五十俵の旗本。小十人組士。菊香と貞次郎に稽古をつけている。
亀岡花恵（四二）………… 甲蔵の奥方。
亀岡貞次郎（一五）…… 菊香の弟。姉とよく似た顔立ち。父の見習いとして勤めに出ている。
お吉（六四）……………… 白瀧家の老女中。許婚がいる。
お光（六四）……………… 矢島家の老女中。

イラスト／Minoru

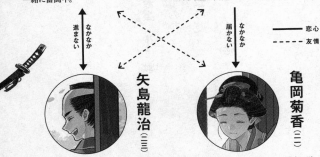

大平将太（一九）……生家は裕福な武家医者の家系。千紘と同い年の幼馴染み。かつては扱いの難しい暴れん坊だったが、今は手習いの師匠を目指しながら学問を続けている。六尺以上の長身で声が大きい。

尾花琢馬（三〇）……支配勘定。勘定所に勇実を引っ張ろうと、ちょくちょく白瀧家に姿を見せる。端整な顔立ちで洒落ている。元遊び人。兄の不審死の謎を追っている。

岡本達之進……山蔵に手札を渡している北町奉行所の定町廻り同心。年は四〇歳くらい。からりとした気性で町人に人気がある。

山蔵（三六）……目明かし。蕎麦屋を営んでいる。年の割に老けて見える。もともとは腕自慢のごろつき。矢島道場の門下生となる。

おえん（三七）……かつて勇実と恋仲だった。今は岡本の屋敷で暮らしている。

井手口百登枝（六七）……千紘の手習いの師匠。一千石取りの旗本、井手口家当主の生母。このところ、病に伏せりがち。博覧強記。

井手口悠之丞（一七）……百登枝の孫。井手口家の嫡男。与一郎と龍治に剣術を教わっている。千紘に想いを寄せている。

田宮心之助（二五）……矢島道場の元門下生。勇実や龍治のよき友人。近所の旗本の子弟に剣術を教えて生計を立てている。

正宗……心之助の愛犬。手習所や道場の面々にもかわいがられている。

寅吉（一九）……下っ引き。もとはごろつきまがいのことをしていたが、てんで弱い。龍治を慕って矢島道場の門下生となる。

次郎吉……年の頃は二十代後半、浅黒い肌の小柄な美男子。神出鬼没な義賊「鼠小僧」の正体。勇実のことを妙に気に入っている。

遠山左衛門尉景晋……勘定奉行。琢馬の上役。勘定所の改革を考えており、白瀧源三郎のかつての仕事ぶりに目を留める。

深堀藍斎（三一）……蘭方医。勇実とは学問好き同士で馬が合う。虫が好きで、白太の絵の才を買っている。

勇実の手習所の筆子たち

海野淳平（一二）…御家人の子。
久助（一一）……鳶の子。筆子のリーダー。
白太（一三）……のんびり屋で、絵を描くのが得意。
良彦（一一）……鋳掛屋の子。筆子の副リーダー。
丹次郎（一〇）……炭団売りの子。
河合才之介（九）…御家人の子。
十蔵（九）……かわいらしい顔立ち。
乙黒鞠千代（九）…旗本の次男坊。大変な秀才。

拙者、妹がおりまして⑩

第一話　月に叢雲《むらくも》、花に風

一

　ちらちらと舞い散る雪は、大川《おおかわ》の水面《みなも》に触れるや、解《と》けて流れていく。きれいに積もって残月に輝くような、さらりとした雪ではなかった。地に落ちた雪は泥と混ざって、ぬかるみをこしらえた。

濡れた地面は夜の間に冷えて固まり、朝日が差す頃には、そこここにできた水たまりがすっかり凍っていた。

　寒い朝だった。

あと十日で年が改まるとあって、町じゅうがそわそわと慌ただしい。そんな一日の始まりだった。

　初めにそれに気がついたのは、朝餉《あさげ》のおかずや汁の実を商う棒手振《ぼてふ》りだっただろうか。あるいは、朝一番に猪牙舟《ちょきぶね》の様子を見に行った船頭だったかもしれない。

何しろ、それは一つきりではなかったので、知らせを受けて次々と駆けつけた腕っこきの目明かしたちにも、確かなところはつかめなかった。

大川に架かる両国橋《りょうごくばし》のあたりは、水の流れがひときわ速くて荒い。両国橋の北で大川は湾曲《わんきょく》しており、その内側に当たる東岸は水の流れで削られてしまう。それを防ぐため、水中にたくさんの杭が打たれている。

百本杭《ひゃっぽんぐい》と呼ばれるそのあたりは、いかにも江戸らしい川面《かわも》の風情があるとして、よく知られている。

しかし、その実、いろんなものがすっかりぼろぼろになって流れ着くところでもある。行方知れずになっていた誰かさんが、哀れな土左衛門《どざえもん》の姿で引っかかっていることも少なくない。

百本杭の近くに住む者や、朝早くから両国橋を渡る者は、慣れっこと言っては罰当《ばちあ》たりかもしれないが、土左衛門を見てもむやみに恐れなくなっている。落ち着き払って目明かしを呼び、見つけた経緯を淡々と語るものだ。

ところが、肝の据わった江戸っ子たちも、こたびばかりはそう冷静でいられなかった。

土左衛門は、一人ぶんではなかった。幾人《いくにん》ぶんなのか、ちょっと見ではわからないくらい、手足も胴もばらばらなのが続々と流れ着いたのだ。

このありさまでは、亡骸《なきがら》の身元など突き止めようもないだろう。

初めはそう思われたのだが、存外どうにかなりそうだった。

というのも、火炎《かえん》と猛牛の彫物《ほりもの》が、どの亡骸にも施《ほどこ》されていたからだ。


白瀧勇実《しらたきいさみ》と矢島龍治《やじまりゅうじ》は、その日の昼八つ（午後二時頃）過ぎ、馴染《なじ》みの目明かしである山蔵《やまぞう》に呼び出された。

この日は、少し遅めの煤払《すすはら》いに皆で勤《いそ》しんでいた。煤払いとは、江戸では十二月十三日におこなわれることが多い、年の瀬の大掃除である。

矢島家の離れを借りて勇実が営む手習所《てならいじょ》と、龍治が父の与一郎《よいちろう》とともに指南《しなん》役《やく》を務める剣術道場で、筆子《ふでこ》や門下生が総出でわいわいと働いていた。

勇実と龍治は、煤払いがひと区切りしたあたりで本所相生町《ほんじょあいおいちょう》三丁目にある矢島家を後にした。山蔵の案内で、百本杭からほど近い南本所横網町《よこあみちょう》の番屋へ向かう。

道すがら、勇実はひそひそと山蔵に確かめた。

「無残な姿の土左衛門が次々と上がっているという話は、筆子や門下生から聞きました。その件ですよね？」

山蔵はうなずいた。年の頃は三十代半《なか》ばだが、眉間《みけん》に皺《しわ》を刻みっぱなしの重苦しい顔つきは、実の齢《よわい》よりも老けて見える。

「水にふやけて魚に食われて、とにかくひでえありさまなんで、それそのものはお目に入れなくともかまいやせん。ただ、それを写し取った絵のほうは、検《あらた》めていただきたいんでさあ。土左衛門には彫物がありやしてね」

龍治が鋭い目をしてささやいた。

「もしかして、火牛党《かぎゅうとう》か？」

おそらく、と山蔵は応じた。

「ばらばらの亡骸の腕や背中に揃いの彫物が確かめられやした」

「火牛党の元締めに近い立場であることを示す、あの彫物なんだな？」

「だと思われやす」

「何人死んでるって？」

「亡骸の全部が杭に引っかかったわけじゃあないようなんで、はっきりした数はわかりやせんが……合わせて五、六人ぶんかと」

勇実は龍治と顔を見合わせた。

浅草《あさくさ》に根城を持つ火牛党に目をつけられたと感じたのは、今年の八月だ。それ以来、手習所の筆子や道場の幼い門下生は必ず大人が送り迎えをするようにしている。勇実の妹の千紘《ちひろ》や龍治の母である珠代《たまよ》をはじめ、女たちが出掛けるときも必ず用心棒をつけている。

冬に入ってからは、火牛党との対決もあった。悪縁に引き寄せられたかのように、顔を合わせ、刀を交えてしまったのだ。

今の火牛党をまとめているのは隻眼《せきがん》の巨漢で、権左《ごんざ》という通り名で知られる男のはずだ。権左はただのごろつきではなかった。凶暴で、異様に腕が立つ。権左の手に掛かった者の中に、尾花琢馬《おばなたくま》の兄もいた。

南本所横網町の番屋のそばの火よけ地を、野次馬が遠巻きにしていた。山蔵は人垣を掻《か》き分けるようにして、勇実たちを火よけ地へ導いた。

「ほとけの数が多くて、番屋に収めきれねえもんで」

山蔵が指し示す先には、蓆《むしろ》をかぶせられたものがいくつも並んでいる。

嗅ぎ慣れないにおいがした。

勇実は思わず息を詰めた。どくどくと、心の臓が駆け足を始める。

こういうとき、二つ年下の龍治のほうが、勇実よりもよほど肝が据わっている。龍治は静かな怒気《どき》を発しつつ、並んだ薦に向かって手を合わせた。

「悪党だからどんな目に遭ったっていい、とは思えねえ。一体何が起こって、こんなことになったんだ？」

山蔵は苦虫を嚙《か》み潰《つぶ》したような顔で言った。

「仲間割れ、かもしれやせんが……」

歯切れが悪い。

「火牛党の生き残りのうち、党を動かせるようなやつは、あの権左を筆頭に、合わせて七人だったって話だろ。いや、奉行所の同心だった赤沢勘十郎《あかざわかんじゅうろう》が抜けたから、六人か。あのほとけが、その連中だって？」

山蔵は黙って首をかしげた。身元がつかめていないのだ。

火よけ地では幾人かの同心が額を突き合わせていた。この界隈《かいわい》を持ち場とする者だけでなく、過去に火牛党と関わりのあった者や土左衛門の検分に詳しい役人なども集まっているらしい。

その中に、山蔵に手札《てふだ》を与えている定町廻り同心《じょうまちまわりどうしん》、岡本達之進《おかもとたつのしん》もいた。四十過ぎの年頃だそうだが、ずっと若々しく見える。年明けに祝言《しゅうげん》を挙げると決まったところでもあり、以前にも増して覇気に満ちていると評判だ。

岡本は、いわく言いがたい悪臭の中でも、相変わらず飄々《ひょうひょう》としていた。

「こんなところに呼び出しちまって悪いな。一つ二つ、じかに話を聞いて確かめたいことがあるんだ。ああ、勇実どのは血の気が引いちまってるぞ」

勇実は苦笑してみせた。

「情けないことに、血を見るのも痛い目に遭うのも、こうして蓆で隠してある亡骸のそばに寄ることさえ、どうにも慣れなくて。私は、捕り方には向いていないようです」

龍治が勇実を庇《かば》うように前に出た。

「道場の煤払いがまだ途中なんです。日が落ちる前に終わらせたいんで、早めに話を切り上げてもらえますか？　詳しい話をきちんと聞いたほうがいいんなら、親父にも立ち会ってもらいたいし、改めてってことで」

詳しい話というのは、きっとむごたらしい話でもあるだろう。今ここで聞かされたところで、きちんと呑み込める気がしない。

岡本は龍治にうなずいてみせ、手にしていた紙の束から、まず一枚を取り出した。

「ある腕に、こういう彫物があった。角と尾に火がついた牛の意匠《いしょう》だ。見覚えがあるだろう?」

勇実も龍治もうなずいた。

初めてその彫物を見掛けたのは、八月のことだ。ただ、夕暮れ時にわずか一瞬のことだったので、目があまりよくない勇実はもちろん、動くものを追うのが得意な龍治でさえ、よく見分けられなかった。

彫物の意匠を鮮やかに見分けていたのは、勇実の筆子の白太《しろた》だ。白太には特別な才がある。一度目にしたものを決して忘れず、絵筆によって紙の上に写し出すことができるのだ。

白太のその技によって、勇実と龍治は、火牛党の証《あかし》である彫物の意匠を克明《こくめい》に知ることとなった。

岡本をはじめとする北町奉行所の面々は、それ以前に捕らえた火牛党のごろつきの腕や背中にその彫物があるのを目にしていた。白太が写し取った火牛の意匠は、まだあの凶賊の残党が野に放たれたままでいたことを、奉行所に知らしめたのだ。

それと同じ火牛の彫物のある亡骸が、今、この火よけ地に並べられているという。勇実は己の顔がますます青ざめるのを自覚した。気分が悪い。

岡本は、ちらりと勇実を気遣う目をしたが、淡々として次の絵を示した。男とおぼしき人の顔の絵だ。簡単な線画で、傍らに顔の特徴が書き込んであった。

「どの土左衛門も着物や持ち物の類《たぐい》を流されちまっていたんだが、一体だけ、右目に眼帯をつけたままの者がいた」

「右目に眼帯、ですか」

勇実がおうむ返しにすると、岡本はうなずいた。

「権左と同じだろう？」

龍治が前のめりになった。

「俺にそのほとけの顔を検めさせてください。絵じゃなくて、本物のほうです。俺は二度、あいつの顔を見てます。勇実さんより目がいいんで、俺のほうがちゃんと覚えてるはずだ」

思わず勇実は龍治の腕をつかんだ。

「あの者の顔なら、私も覚えている」

苦笑した龍治は、ぽんと勇実の肩を叩いた。

「わかってるよ。でも、ここは俺に任せといてくれ。勇実さん、今にもひっくり返りそうな顔色だぞ」

「ああ……そうだな。足を引っ張ってはまずい。すまないな、龍治さん」

「俺は大丈夫だ。勇実さんは番屋で待っててくれよ」

龍治は岡本とともに、蓆の並んでいるほうへ行ってしまった。

山蔵が勇実の背に手を添えて、火よけ地が目に入らないよう後ろを向かせた。

「ささ、行きやすよ。こんなむごたらしい景色、勇実先生みてえに青くなっちまうのがまともってもんですよ。手前ら捕り方どもは、どっか鈍っちまってるんでさあね」

勇実は、なかなか醒《さ》めない悪夢の中にいるように、腹に力の入らない声でつぶやいた。

「火牛党が仲間割れを起こして、権左がすでにこの世にいないのであれば、手習所や矢島道場は、もう狙われずに済むのか？　勘定所《かんじょうしょ》の琢馬さんや遠山《とおやま》さまも、ひとまずは凶刃《きょうじん》にさらされることがなくなるのか？」

もし本当にそうなれば、喜ばしいことだ。また筆子たちが思う存分に駆け回れるようになる。

琢馬は納得しないかもしれない。権左は琢馬にとって兄の敵《かたき》だ。燃える目をして仇討《あだう》ちを誓ったというのに、こんな形で敵がいなくなるのでは、心をどう落ち着かせていいか、わからなくなりそうだ。

番屋の火鉢のそばで悶々《もんもん》と考えながら待つうちに、龍治が戻ってきた。渋い顔をしている。

「眼帯をつけた頭、見てきたぜ。確かに大柄な男の頭だろうとは思ったけど、水につかりすぎていたせいで肌がふやけて、顔かたちがわからなくなっていた」

「そうか」

「白太みたいな目の持ち主なら、骨の形から、もとの顔を思い描くことができるらしい。亡骸の検分に長《た》けた与力《よりき》さまが、そんな感じのことをおっしゃってたが」

「駄目に決まっている。白太に検分をさせるわけにはいかない。あの子はまだ十三だ。目にした何もかもを覚えることができる代わりに、忘れることが不得手《ふえて》なんだぞ。そんな子に亡骸の検分などさせられない」

龍治は、顔をくしゃりとさせて笑った。

「わかってるよ。勇実さんは筆子のことになると、しゃっきりするよな。さあ、帰ろうぜ。岡本さまから親父への伝言も預かってるんだ」

「火牛党のことについてか？」

「ああ。少なく見積もっても五人ぶんの、火牛の彫物のある亡骸が流れ着いている。火牛党と呼びうるごろつき連中は、もう党としての形をなしていないのではないか。そんなふうに、奉行所はみなしているらしい」

勇実は気の抜けたような心地で、火鉢のそばにへたり込んだまま、親友の顔を見上げていた。

「そうか……」

「急にそう聞かされても、手放しでは喜べないよな。何だか、すっきりしない」

龍治の言葉に、勇実は黙ってうなずいた。

翌日改めて聞いた話によると、十二月に入った頃から、浅草新鳥越町《しんとりこえちょう》や聖天町《しょうでんちょう》の賭場《とば》で火牛党の男たちを見なくなったという。また、火牛党によってかどわかされていた者が幾人も、やつれた姿ながら、戻ってきた。

北町奉行所の同心であった赤沢勘十郎が捕らえられた件により、火牛党を使って出世争いや勢力争いを起こしてきた役人の名があぶり出された。だが、その者たちは軒並み、沈黙を決め込んでいる。火牛党とのつながりについては、知らぬ存ぜぬを押し通すつもりなのだ。この期《ご》に及んで火牛党を使いたがる者もいない。

役人と火牛党のつながりをこれ以上暴くのは難しい、と岡本が渋い顔をしていた。武士が犯した罪は、奉行所では裁けないのだ。それができるのは、若年寄《わかどしより》の管下《かんか》に置かれた目付《めつけ》である。

何にせよ、火牛党は消えた。

火牛党が手放した賭場では、連中に取って代わろうとするごろつきどもが相《あい》争《あらそ》っているらしい。

念のための用心で、筆子たちの送り迎えは大晦日《おおみそか》まで続けた。さすがに大晦日は手習いを休みにしてあったのだが、筆子の多くがわざわざ勇実のもとに遊びに来たのだ。

筆子たちを家まで送ってやり、よいお年をとあいさつを交わし、年明けにまた元気な姿で会うことを約束して、勇実の一年が終わった。

文政《ぶんせい》六年（一八二三）は、何となく気忙《きぜわ》しい一年だった。

いろんなことが起こったが、布団に入って最後に勇実が思い返したのは、苦い恋の記憶だった。

忘れたい、と思いながら目を閉じた。

二

提灯《ちょうちん》を連ね、白い息を吐いて、まだ薄暗く冷たい道を行く。

きりりと冷えた夜気《やき》が、いかにも冬の朝らしい澄んだ気配を帯びつつある。

勇実のすぐ後ろで、千紘がはしゃいだ声を上げた。

「兄上さまが夜明け前にすっきり起きてくるなんて、珍しいこと。明日は雪が降るんじゃないかしら」

ねえ、と千紘が呼びかけた相手は、隣を歩く亀岡菊香《かめおかきくか》だ。

菊香が千紘にあいづちを打ったようだが、勇実はそちらを振り向かなかった。

おかしなことでもあるまい。夜目《よめ》の利かない勇実には、今の刻限《こくげん》はまだ暗すぎる。日頃は歩かない道を行くのに、よそ見などしていては危うい。

決して、菊香の顔を目に入れたくないわけではない。

勇実は前を向いたまま、千紘に応じた。

「寝ていないんだよ。布団に入って目を閉じてはみたが、結局眠れなかった。おかげで今、眠くて仕方がない。まあ、寝坊するよりはいいだろう」

冷たい風が喉《のど》に染みて、小さく咳《せき》をする。昨日あたりから少し風邪気味だ。

東の空は白《しら》み始めている。文政七年（一八二四）の始まりを告げる日の出が近い。

勇実を先頭に、千紘と菊香が続き、その後ろには龍治と、菊香の弟である貞次《ていじ》郎《ろう》が歩いている。本所相生町三丁目の屋敷を出て、そろそろ四半刻《しはんとき》（約三十分）になる。道のりの半ばを過ぎたところだろう。

一行は湯島《ゆしま》へ向かって歩いている。

湯島やその奥に広がる本郷《ほんごう》の一帯は高台になっている。特に湯島天神からは江戸を一望できるので、初日の出の名所として有名だ。

また、湯島と言えば、昌平坂学問所《しょうへいざかがくもんじょ》が置かれていることでも名高い。ご公儀に認められた、優れた儒者《じゅしゃ》を育成するための学問所である。昌平黌《しょうへいこう》とも呼ばれる学問所の敷地には、孔子《こうし》を祀《まつ》る聖堂も設けられている。

勇実は、昌平坂学問所に対して複雑な思いがある。憧れと引け目を同時に抱いているのだ。

学問に入れ込む者の多くがそうではないか、とも思う。昌平坂学問所には、選ばれた者しか籍を置くことができない。選ばれるというのは、ご公儀によってというよりも、天によって才を与えられているか否かが、やはり問題となる。

学ぶことそのものが好きで得意だ、というだけでは心許《こころもと》ない。学問の中でも儒学、とりわけ朱子学《しゅしがく》に秀《ひい》で、漢文は論述から詩作まで自在にこなし、さらに政《まつりごと》を論ずる力のある者でなければ、昌平坂学問所の門戸は開かれない。

であるから、自分は変わり者だし才が足りない、と勇実は理解している。

漢文の読み書きには不自由しない。儒学についても一応の知識がある。だが、それも唐土《もろこし》の古典や歴史物語を解《かい》するためのもの。政と密に絡《から》んだ朱子学は、いにしえの頃の素朴な儒学ほどには関心を持てず、あまり得意ではない。

まがりなりにも武家に生まれた男が学問を志すのであれば、昌平坂学問所を目指せばよい。あの難しい学問吟味《ぎんみ》に及第《きゅうだい》できるくらい熱心に朱子学を修めればよい。それこそが学者としての大成の道ではないか。

世間ではそんなふうに言われているものの、勇実はどうにも反発してしまう。政を論ずる「大説《だいせつ》」ではなく、人々の生きざまや英雄の活躍を描いた「小説」が好きだ。小説をより楽しむために、唐土の歴史を著《あらわ》した二十二史にも手を出している。好きが高じて漢学に親しみ、ついでに儒学もわかるようになった。

才がないわけではないらしい、というのも自覚している。学問の何たるかを知るだからこそ、と言おうか。もったいないと嘆かれてきた。学問の何たるかを知る、世間で「学者先生」と呼ばれるような人からは、必ずと言ってよいほどに嘆かれてしまうのだ。

数少ない例外は、千紘の手習いの師匠である百登枝《もとえ》と、百登枝の仲立ちで知りえた翰学堂《かんがくどう》の志兵衛《しへえ》くらいのものだった。

あとは、国学《こくがく》をいくらか嗜《たしな》んでいた亡父、源三郎《げんざぶろう》も、いつの頃からか、昌平坂学問所がどうこうと勇実に言うことがなくなった。勇実には出世のための学問など向かない、と正しく理解したらしかった。

ここに来て、四人目が現れたかもしれない。

勘定奉行の遠山左衛門 尉 景晋《さえもんのじょうかげみち》である。

もとは昌平坂学問所の秀才であった遠山は、勘定所に大鉈《おおなた》を振るおうと考えているらしい。若く優れた者を新たに登用したいとも考えている。

父がかつて勘定所に勤めていた縁もあり、勇実にその白羽の矢が立った。かれこれ二年前の秋頃から誘いを受けてはいたが、この冬になって初めて、遠山とじかに顔を合わせた。

勇実はどうやら遠山の目にかなったらしい。

もっとじっくりと話をしたいと請《こ》われた。勇実がどんなものを好み、何を学んでいるのかを知りたい、と。唐土の歴史の話も大いに結構、そもそも学問は政のためにあるのではないゆえに、とのことだ。

勇実は遠山を信用してみたくなった。

だから今、勇実が真新しくかしこまった着物を身につけているのは、正月を迎えるためではない。名所まで出向いて初日の出を拝むのは、ついでに過ぎなかった。

勇実は遠山からの誘いに応じ、正月元旦をともに過ごすべく、湯島に向かっているのだ。

話は五日前にさかのぼる。

遠山からの手紙が勇実のもとに届いた。

湯島にある昌平坂学問所の見物ができるよう手配したので、正月一日、初日の出を拝みに来てはくれぬだろうか。差し向かいで話をしてみたいのだ。湯島にある馴染みの料理茶屋で朝餉《あさげ》を用意させるゆえ、妹御《いもうとご》や友と連れ立ってくるとよい。

　そういう手紙だった。

　手紙を届けに来たのは、勘定所に勤める友人の尾花琢馬である。

「正月早々、お偉いさんと顔を合わせるのは気が進まないかもしれませんが」

　琢馬は苦笑していた。

「遠山さまは正月もお忙しいのでは？」

「元日の朝だけは都合をつけられる、とのことです。勇実さんはすでに約束がありますか？」

「いえ……ああ、千紘はあれこれと張り切っていますが、私が乗り気でないもので、結局、特に何も決まっていません」

　勇実の元日の用事といえば、日が高くなった頃に千紘に叩き起こされ、井戸で若水《わかみず》を汲《く》んで、三々五々にあいさつに来る筆子たちを迎えるくらいのものだ。前回、文政六年は何年ぶりかで払暁《ふつぎよう》に起き、目を開けて初日の出を迎えたが。

「でしたら、うちの上役のわがままに付き合ってもらえませんか。勇実さんと話をさせろ、一席設けろと、うるさくせっつかれていまして。話は案外合うと思うんですよ。遠山さまは、昌平坂学問所におられた頃、甲科《こうか》で首席を取るほどの秀才であられたとか。しかも、唐土の歴史や漢詩がお好きなんです」

「そのあたりのお噂はうかがっていますよ。しかし、遠山さまは、出歩かれて問題ないのですか？　お忍びで浜町《はまちょう》にいらしたときは……」

火牛党の手の者に襲われた。たまたま勇実と龍治、鼠小僧《ねずみこぞう》こと次郎吉《じろきち》が居合わせたからどうにかなったものの、護衛が琢馬ひとりであれば危うかった。

勘定所は一枚岩ではないらしい。遠山の失脚を企《くわだ》てる者、命を狙う者が、同じ役所の中にいるという。

その内輪揉めのせいで、琢馬は兄を殺されている。兄を手に掛けた者こそが、遠山の敵勢力に雇われた火牛党の権左だった。

琢馬は一瞬、稲光《いなびかり》のように、怒気とも殺気ともつかないものを双眸《そうぼう》に宿した。だが、すぐさま目を伏せ、息をついた。

「ねちねちと嫌なことをしてくる連中は、勘定所内に残っていますよ。でも、あまで過激な手を打てるのは火牛党だけでしたから、連中が消えた今こそが、羽を伸ばせる好機と言えるかもしれません」

「ばらばらの亡骸が百本杭に流れ着いていた、あの件ですよね。やはり、火牛党は壊滅《かいめつ》したと見ていいんでしょうか」

「浅草のほうでも調べました。連中、確かに消えたようですよ」

「火牛党に代わる者も、まだ現れていないんですよね？」

「二度と現れないことを願いますね。むろん、遠山さまにも、用心棒もつけずにほっつき歩くことがないよう固く申し上げていて、今のところは我々の忠言に従っていただけています」

「気苦労が絶えませんね」

「まったくです。まあ、あんなふうに型破りなところがあるお人だから、ついていくのもおもしろいんですがね。さて、勇実さん。元旦のお誘い、いかがでしょうか？」

「では、ありがたくお受けします」

勇実がそう答えると、琢馬はほっとした顔を見せた。

初め、勇実は一人で行くつもりでいた。わいわいとにぎやかにやろうという気力が、やはり起こらない。

だが、琢馬が千紘に知らせてしまったらしい。おかげで、気づいたときには、千紘と龍治はもちろん、菊香や貞次郎まで一緒に行くことになっていた。遠山も、手紙に書いて寄越したとおり幾人一緒でもかまわない、という。

勇実は渋っていたのだが、膨《ふく》れっ面《つら》の千紘に責められた。

「元旦は菊香さんや貞次郎さんたちと一緒に初日の出を拝みましょうと、ずいぶん前から約束していましたよね？　兄上さまにもきちんと伝えたし、うんわかった、と返事をしていたはずです。生返事だったけれど。あれはやっぱり、ちっとも聞いていなかったということ？　ひどいんじゃありません？」

言われてみれば、千紘がそういう話をしていたような気がしないでもない。

「だったら、私は湯島へ行くから、千紘たちは本所でゆっくり元日を過ごしていればいい」

「よくありません。せっかく菊香さんと貞次郎さんが来てくれて、遠山さまのお誘いもいただいているのに、お留守番をしなければならないなんて道理が通りません」

「そうかなあ」

「わたしも湯島へ行きたいと言っているの。だいたい、兄上さまが一人で日の出前から起き出せるはずないでしょう？　起こしてあげるし、身だしなみも確かめてあげるから、わたしと菊香さんと龍治さんと貞次郎さんも連れていくこと。琢馬さまにもそうお願いしてありますから」

琢馬を味方につけられると、勇実に勝ち目はない。

「しかし、菊香さんと貞次郎さんまで一緒とは。お父上は許してくださったのか？」

「そこは万事抜かりなく。だから、さっきから言っているじゃないですか。一緒に初日の出を迎えましょうと、いきなり言い出したわけではないんです。前から許しをもらって、約束していたの。それを今さら反故《ほご》にはできないんです。わかりますか、兄上さま？」

「なるほど」

何としても菊香をこちらへ呼びつける、という千紘の思惑は揺るがないわけだ。

どうせいつものお節介《せっかい》だ、と勇実も見当がついている。だが、こたびは本当に、余計なお世話というものだ。

勇実は菊香を怒らせ、嫌われてしまった。菊香はたおやかな見た目に反し、古風な武者然《むしゃぜん》として思い切りがよく、気性が烈《はげ》しい。その菊香の赦《ゆる》しを得られるとは、勇実はもう考えていない。

菊香が住んでいるのは八丁堀《はっちょうぼり》だ。本所からは一里近く離れている。夜間や早朝に行き来するのは危ういから、大晦日は泊まりに来ることになっているという。

亀岡家は旗本で、当主の甲蔵《こうぞう》はどちらかというと頑固な気質の持ち主に見える。だが、こたび泊まりがけで遊びに来ることについては、貞次郎の説得が利いたらしい。貞次郎は矢島道場の稽古に顔を出した折、勇実に裏話を告げた。

「友と一緒に初日の出を見ることなど、人生において幾度もありません。私のお城勤めが忙しくなれば、あるいは縁談が進めば、正月に本所に遊びに行くこともできなくなります。姉上と過ごすことも、きっと減ってしまうでしょう。ですから今回だけ、と父に願い出たんです」

「そうだったのか。しかし、それでもよくぞ許してもらえたものだ。特に菊香さんは嫁入り前の身だというのに」

貞次郎は気まずそうに言った。

「父も母も姉上のことが心配だからこそ、許しをくれたんです。姉上、ずっと沈み込んでるんですよ。千紘さんと何かあったのか、それとも勇実先生のほうか、と父も母も知りたがるので、詳しい事情は話さず、千紘さんではないと否定しておきましたが」

「では、ご両親もわかっておいでなんだ。私が菊香さんを怒らせ、傷つけてしまったのだと」

「父も母も、そんなふうには思っていませんよ。きっと姉上も」

「どうだろうな」

勇実ははぐらかした。生乾きの傷のように、つつかれると痛い。そっとしておいてほしかった。


大晦日の晩、約束どおり菊香と貞次郎がやって来た。菊香は千紘とともに白瀧家の屋敷で、貞次郎は龍治が寝泊まりしている道場の脇部屋で、払暁まで休むつもりらしかった。

勇実は矢島家の離れにこもった。夕餉の席にも、遅れてちらりと顔を出しただけだ。たこが混ぜ込んであって桜色をした汁かけ飯で手早く腹を満たした。これは桜飯《さくらめし》というのだとか、たこは滋養があって疲れた体によいのだとか、千紘がいろいろ言うのを話半分に聞き流し、すぐに離れに戻った。

夜の五つ半（午後九時）頃になって、龍治が味噌餡《みそあん》の饅頭《まんじゅう》と熱い茶を手に、離れを訪ねてきた。

「勇実さんも困ったものだな。どうして皆のところに来ないんだ？」

「仕事が立て込んでいる。煤払いで出てきた古書を、傷《いた》みが進まないうちに写本にしておきたいと頼まれていてね。毎年のことだが、今年は妙に多い」

勇実は天神机《てんじんづくえ》に広げた紙の束を、そっと手で押さえた。もとは紐《ひも》で綴《と》じられていたはずだが、古びてばらばらになっている。一葉《いちよう》一葉を正しく重ね直すところからやらねばならなかった仕事だ。

「小難しい書物を盾《たて》にされちまったら、俺には何も言えないな。とはいえ、どんな仕事なのかわからなくても、ちっとも身が入ってないみたいだってことはわかるぜ」

勇実は答える代わりに饅頭にかぶりついた。甘味と塩辛さの釣り合いがとれた味噌餡は、前にも食べたことがある。

龍治が先回りして言った。

「菊香さんが作ってきてくれたんだぞ、その饅頭。味噌のやつは勇実さんが気に入ってるみたいだったからって」

ああ、と勇実はあいまいにうなずいた。

龍治の目がじっとのぞき込んでくる。居心地が悪くなって目をそらすと、その途端、ため息をつかれてしまった。

「勇実さんも菊香さんも似た者同士だな。意地っ張りなんだか、意気地なしなんだか。ちゃんと話せばどうとでもなるんだろうに、互いの姿を目に入れることさえ嫌がって恐れてさ。何やってんだ？」

龍治には珍しく、いくらか苛立《いらだ》ちの混じった声音《こわね》だった。

饅頭を茶で呑み込むと、勇実はぼそぼそと言った。

「このことについては、放っておいてくれないかな」

「聞けない相談だな。もう十分、そっとしておいただろ。でも、沈み込んだまま変わらない。勇実さんだけじゃねえや。菊香さんもだ。なあ、もう答えは出てるだろ？　動けよ」

勇実はかぶりを振った。

「できない。また考えなしに言葉を発して、余計こじらせてしまいそうで怖い。ただの友なら、喧嘩《けんか》しても仲直りができるものだろう。でも、そうじゃないときは……」

冷たいくらいに静かな声で、龍治が勇実の言葉をさえぎった。

「ただの友だろ。勇実さんと菊香さんは、恋仲でも何でもない。勇実さんが言うところの、喧嘩して仲直りができるはずの、ただの友だ。違うのか？」

「……どうだろうな」

龍治はまた、ため息をついて立ち上がった。

「菊香さんに気持ちを告げることもせずに、独り相撲を取って勝手に転んで、何やってんだ？　そんなふうにしか見えない」

口ぶりも気配もひどくひっそりとしているのは、苛立ちが怒りに変わったことの証だろう。龍治が本当に怒ったときは、かっとなったりせず、むしろ冷ややかになる。

それでも龍治は、離れを立ち去る間際、振り向いて微笑《ほほえ》んで道場のほうを指差した。

「俺と貞次郎は夜通し起きて、囲碁《いご》でも打ってるからさ、気が向いたら来てくれよ」

「わかった。ありがとう」

行くつもりもないくせに、勇実はつくり笑顔でそう答えた。

三

湯島に近づくと、あたりは俄然《がぜん》にぎやかになった。

手前の神田明神《かんだみょうじん》や、北に進んだところにある湯島天神で初日の出を見物しようという江戸っ子たちが、寒さをものともせずに押し寄せている。酒食を商う茶屋や屋台は夜通し明かりをともし、どこからともなく三味線《しゃみせん》の音や芸者の歌声も聞こえてくる。

勇実の後ろで、千紘と菊香がしゃべっている。その後ろの龍治と貞次郎も剣術談議を交わしている。

日の出が近い。空が次第に明るくなってきた。

昌平坂学問所のすぐそばに、桃園亭《とうえんてい》という料理茶屋がある。聞けば、林家《りんけ》を中心とする学問所の教授らが行きつけにしているらしい。

琢馬がもたらした遠山の手紙には、道案内の図が添えてあった。先頭の勇実がそれを確かめながら、一行は人混みに紛《まぎ》れて進んでいく。

と、千紘が看板を見つけた。

「桃園亭って、あれではないかしら？」

竹の生け垣に囲まれた二階建ての店だ。庭がずいぶん広いように見える。提灯に照らされた看板の文字に、勇実は目を細めた。

「ああ、確かに。桃園亭とあるな」

店の表で、女将《おかみ》が客に頭を下げていた。今日は特別なお客さまがいらっしゃっていますんで、と断っているのが聞こえる。

琢馬が店から現れて、女将の傍らに立った。勇実と目が合い、唇の両端を持ち上げる。控えめな微笑み方に、堅苦しい羽織袴《はおりはかま》。勘定所の役人としての姿だ。

「年越しのときまでも務めから解き放たれないとは、琢馬さんも大変だな」

琢馬が女将に何事かを告げると、女将がこちらを見て、柔らかな物腰で頭を下げた。琢馬の同僚らしき武士も、奥から出てきた。そこへ勇実たちが合流する。

初日の出見物の江戸っ子たちは、武士がぞろぞろと桃園亭に集まるのに驚いたようで、ぎょっとした顔で遠巻きになった。

琢馬が白い息を吐いて言った。

「お待ちしていました。勇実さんも皆さんも、寒い中、ご足労ありがとうございます」

勇実は咳払いをして、少しいがらっぽい喉の調子を整えた。

「思ったより遅くなってしまいました。もうまもなく日が昇りますね」

「寝坊助《ねぼすけ》の勇実さんにしては上出来ですよ。ちゃんと日の出に間に合ったじゃないですか。さ、中へ。勇実さんだけ、庭のほうへ連れてくるよう言われています。皆さんは母屋《おもや》の二階へどうぞ。東側に開けた部屋にご案内しますよ。日の出がきれいに見えるでしょう」

店の戸口で刀を預けると、勇実は琢馬に案内されるまま、庭のほうへ回った。

千紘たちが女将にあいさつする声を背中に聞いた。

桃園亭の庭は、やはり広かった。全体になだらかな高低差がついており、中ほどには池がある。

巨石を配して山水をかたどってあるのが、水墨画《すいぼくが》に見る唐土の深山《しんざん》の景色のようだ。解けきれない雪がそこここに残っている。白々とした幹や枝が剝《む》き出しの庭木は、桃や梅だろうか。

「すごいな。柳宗元《りゅうそうげん》の『江雪《こうせつ》』を思わせる庭ですね」

「確か、有名な漢詩ですよね。千山《せんざん》鳥の飛ぶは絶え……でしたっけ？」

「そうです。万径人蹤《ばんけいじんしょう》は滅《めっ》す、と続きます。それから、孤舟蓑笠《こしゅうさりゅう》の翁《おう》。独り寒《かん》江《こう》の雪に釣る」

千山鳥飛絶　千山　鳥の飛ぶは絶へ
万径人蹤滅　万径　人蹤は滅す
孤舟蓑笠翁　孤舟蓑笠の翁
独釣寒江雪　独り寒江の雪に釣る

「五言絶句《ごごんぜっく》というやつですね。五言の句が四行で、合わせて二十字で書かれた詩。句の末尾で韻《いん》を踏むのですよね。日の本の歌であれば、句の頭で韻を踏みそうなものですが」

「和語と漢語では、言葉の並びが異なるんですよ。だから、句のどこで韻を踏めば心地よいのかも異なる。柳宗元の『江雪』は、冬の寒々とした山の景色を詠《よ》んだ詩です。飛ぶ鳥の姿もなく、人の訪れも途絶えた中、蓑《みの》をつけた翁《おきな》が一人、小舟で釣り糸を垂れている、と」

琢馬は、呆れ半分、感心半分のような顔で笑った。

「遠山さまと同じですね。この寒々しい庭を見て目を輝かせ、漢詩について滔々《とうとう》と語りだすとは。私の目には、この庭はあまりにそっけないように感じられますよ。冬の間も緑の葉を残す木を、少しくらい植えればいいものを」

「日の本と唐土で、詩心《しごころ》に響く情景や好まれる花というのも、どうやら違うようですよ。花といえば、江戸では桜ですが、この茶屋の名は桃園亭。桃は唐土の物語によく登場する花木《かぼく》です」

「私でも桃園の名は知っていますよ。『三国志演義《さんごくしえんぎ》』の初めのほうで描かれるでしょう。劉備《りゅうび》、関羽《かんう》、張飛《ちょうひ》の三人が義兄弟の契《ちぎ》りを交わすのが、桃園の誓いと呼ばれる場面だ」

「唐土では、桃には魔除《まよ》けの力があるとされるんです。蜀《しょく》の英雄たちが桃園で誓いをなすのも、やはり桃が特別な花であり、木であるからでしょうね」

「漢詩だの唐土だのと話し始めると、勇実さんは口数が増えますね。近頃は沈んでいるようでしたが、この寒々しい庭がお気に召して元気が出たのなら、まあ、いいことです。私もそれなりに心配していたんですよ」

勇実は面映《おもは》ゆくなって頰《ほほ》を掻いた。気まずさをごまかしたくて、強引に話題を変える。

「ちょっとした漢詩なら、琢馬さんもわかるんでしょう？　武家の手習いではひととおり学びますし」

「もちろん、いくらかは学びましたよ。毎月二十五日の天神講では、四書五経《ししょごきょう》も漢詩も書字も試験が課されていましたから、ひどい点を取って罰を受けずに済む程度には、漢詩も覚えていましたとも。でも、その程度の学び方で、漢詩が語れるようになるはずがないでしょう」

「なりませんかね？」

「なりませんよ。私は要領がよいので、手習いでは苦労などありませんでしたが、覚えるべきことを覚えて試験に及第したら、次の日にはもう忘れていました。あの頃諳《そら》んじていた漢詩は、どれひとつとして頭に残っていません。覚え続け、学び続けられるというのは、勇実さん、本当に特別な才なんですから」

自覚してくださいよ、と琢馬は勇実の肩をつついた。

庭の中でひときわ小高くなったところにあずまやがある。そばに篝火《かがりび》が焚《た》かれていた。

篝火に赤々と照らされてそこにたたずんでいるのは、遠山左衛門尉その人だ。

ぬくぬくと着込んできた勇実に比べ、遠山はずいぶん薄着である。勇実は、懐《ふところ》に突っ込んだままだった両手を袖《そで》から出した。

琢馬が勇実の顔を見て、くすりと笑った。

「遠山さまはあんなに寒そうなところにいて平気なのか、いや正気なのか、と驚いている顔ですね」

「そこまで失礼なことは考えていませんが。遠山さまは体がお強いのですね」

「江戸の寒さくらい何ともないそうですよ。はるか北の松前藩《まつまえはん》や蝦夷地《えぞち》で過ごしていた頃も、真冬ではないにせよ、かなり寒かったようなんですが、その地の民とまったく同じ暮らしをしながら体を壊さず、平然としておられたそうです」

琢馬の言うように、遠山は二十年余り前には蝦夷地御用、十数年前にも西蝦夷地見聞の役目を任され、北方で任《にん》に就《つ》いていたらしい。その後は長崎《ながさき》奉行を経て、江戸に戻ってきた。

年が明ければ、遠山は六十一になると聞いている。若くはない。だが、齢を感じさせない、がっしりと見事な体軀《たいく》の持ち主である。

「何とも強靭《きょうじん》なかたですね。まずは体が丈夫でないと、ご公儀の重役に就いて出世していく道など拓《ひら》かれないということでしょうか」

「勇実さんも出世に興味が湧いてきましたか？」

「そういうわけではないんですがね。ただ、不躾《ぶしつけ》な物言いを許していただけるのであれば、遠山さまというかたには興味があります。有能で博識であられるが、実のところ、どんなことを考えておられるのか。語り合う場を設けていただけたのは、私にとっても心の躍ることですよ」

「そんなふうに言ってもらえるならよかった。人払いをしてあります。何でも話してきてください」

夜明け間近の薄明るい中、琢馬は気を張っているように見えた。眼下に隈《くま》をこしらえているが、目は油断なく光っている。

遠山を狙った襲撃があってから、まだ三月と経っていない。人払いをすることは遠山の望みなのだろうが、それを実現するために琢馬やその同僚《こうむ》が被っている苦労はかなりのものなのだろう。

篝火越しに、遠山が勇実のほうを見た。

遠山は、まるで長年来《ながねんらい》の友を呼ぶかのように、気さくな様子で手を挙げ、振ってみせた。

あずまやは、勇実が遠目に見て恐れたほどには寒くなかった。広さは四畳半といったところか。

西、南、北の三方には分厚い布が掛けられ、さながら戦国武将の陣幕《じんまく》のようだった。布の内側には大きな火鉢が置かれ、炭がおこっている。

遠山は白い息を吐いて、東の空を指差した。

「日が昇るぞ。年が明ける」

曙光《しょこう》はうっすらとした雲の中から差し始めた。朱色の光だ。空は日の光に照らされ、先ほどまで残っていた星をもう、すべて呑み込んでいた。

「初春《はつはる》のお慶びを申し上げます」

勇実は堅苦しい口上《こうじょう》を述べかけたが、遠山が手で制した。

「爆竹《ばくちく》の声中《せいちゅう》に一歳除《つ》き、春風《しゅんぷう》は暖《だん》を送りて屠蘇《とそ》に入らしむ。千門万戸《せんもんばんこ》瞳瞳《とうとう》たる日。総《すべ》て新桃《しんとう》を把《と》りて旧符に換《か》う」

　爆竹声中一歳除　爆竹の声中に一歳除き
　春風送暖入屠蘇　春風は暖を送りて屠蘇に入らしむ
　千門万戸瞳瞳日　千門万戸　瞳瞳たる日
　総把新桃換旧符　総て新桃を把りて旧符に換う

唐突に遠山が朗々《ろうろう》たる声で吟《ぎん》じた詩は、勇実の知るものだった。

「王安石《おうあんせき》ですね。『元日』と題された詩だ。唐土では、年越しの折に魔除けのために竹を燃やし、大きな音を鳴らすのですよね。その音の中で、古い年が終わる。春風が新春の祝い酒を温める。町じゅうの家々に朝日がきらめく。魔除けとして戸に貼る桃の板を、古いお札と替える」

「さよう、唐土の正月の様子を詠んだ詩だ。知っておったのだな」

「詩はあまり詳しくありません。ただ、この詩は、王安石が生きた頃の新年の様子が詠まれていて、たいへん興味深く思ったものですから」

王安石は、今から七百五十年余り前に唐土の宋《そう》の国で宰相《さいしょう》を務めていた。宰相としての評判はきわめて悪い。検地を改めておこなったり、商《うなが》いを促す代わりに租税の取り方を変えたりと、多岐にわたって政への梃入《てこい》れをしたせいだ。

今までおこなわれてきた政をがらりと改めようとして、失脚した。お上が財政に苦しんでいたのをどうにかしようとしての、あまりに急峻《きゅうしゅん》な新法だった。王安石は多くの敵をつくってしまった。

そういったあたりが、どことなく田沼意次《たぬまおきつぐ》を思わせる。歴史は繰り返すのだな、と勇実は思う。

宰相としての手腕はさておき、王安石の詩は好ましい。王安石は、自分より三百年ほど昔を生きた李白《りはく》や杜甫《とほ》ら、唐代の詩人にずいぶん憧れていたらしい。

本歌取《ほんかど》りともいうべき手法で唐詩になぞらえた詩を多く詠んでいると知ったとき、勇実は王安石に親しみを覚えた。古い時代を生きた人も、さらに古い時代の先達《せんだつ》に、届かぬ思いを馳《は》せることがあったのだ。

遠山が勇実に問うた。

「自分では詩を詠まんのか？　今、ここで一つ詠んでみては？」

「お戯《たわむ》れを。ご勘弁ください。披露できるほどのものをとっさに思いつくような詩才は、持ち合わせておりません。和語の歌にせよ、漢詩にせよ、風情といったものには疎《うと》いのです」

そうか、と言って、遠山は勇実に酒を勧めた。白い磁器の盃に満たされているのは、琥珀色《こはくいろ》をした老酒《ラオチユウ》である。

勇実は盃を受け取り、口をつけた。一風変わった香りが、甘味とともに舌の上に広がる。

あずまやの傍らに立つ木を、遠山は指し示した。硬く小さなつぼみが見える。

「桃ですね」

「ああ、桃だ。漢詩に似合う花といえば、梅もよいが、やはり桃だな。二千五百年以上も昔に編まれた『詩経《しきよう》』にも、桃の詩がある。桃の夭夭《ようよう》たる、灼灼《しやくしやく》たる其《そ》の華《はな》。之《こ》の子于《ゆ》き帰《とつ》がば、其の室家《しつか》に宜《よろ》しからん」

桃之夭夭　桃の夭夭たる
灼灼其華　灼灼たる其の華
之子于帰　之の子于き帰がば
宜其室家　其の室家に宜しからん

「婚姻を祝う詩ですよね。桃の花の夭々《わかわか》しく灼《あか》い花、というのは花嫁のたとえ。この子が嫁いでいけば、きっと婚家にふさわしいだろう、と」

「続くくだりでは、桃の実や葉のみずみずしさが詠われる。いずれも、娘が嫁ぎ先にかわいがられること、嫁ぎ先が栄えていくことを寿《ことほ》ぐ詩だな。のどかで素朴な詩であることよ」

「遠山さまは、『詩経』がお好きですか」

「そうだな。素直でおおらかで、ほっとするではないか。時代を下って唐宋《とうそう》の、悲哀を帯びた世捨て人たちの詩も好いてはおるが」

遠山が盃を干した。勇実は銚子《ちょうし》を手に取り、空になった盃に注いだ。

おぬしは、と手振りで問われるが、苦笑してかぶりを振る。

「まったくの下戸《げこ》ではありませんが、あまり強くないのです。すぐ眠くなったり気分が悪くなったりするもので」

「ならば、酒の代わりに、庭の景色に酔いしれるといい。この庭はな、今は寒々とした静けさをたたえておるが、晩春には桃の花の香りにうぐいすの鳴き声、竹の翠色《すいしょく》もだんだんと鮮やかになる。その頃の景色がまた美しいのだ」

「かような美しい庭にお招きいただき、光栄です。湯島にこうした茶屋があるとは、寡聞《かぶん》にして存じませんでした」

「湯島はあまり来ぬか」

遠山は老酒を呷《あお》った。対する勇実は、ほんの少し口に含む程度だ。それだけだが、じりりと熱が広がるのが、この冷えた朝風の中では心地よい。酒精に熱せられた息を、ほう、と指先に吐きかける。

「恥ずかしながら、気が引けてしまって、湯島には足を運べずにいました。野《や》において学んでいるとはいえ、私が読んでいるのは、儒学の本に比べて卑《いや》しいとされる歴史の本ばかり。いや、歴史の本はまだ格好がつくほうです。本当に好きなのは、もっと卑しいとされる物語、小説と呼ばれる本ですから」

遠山はにやりとした。

「そう卑下《ひげ》するものでもあるまい。史書や物語を好む己のさがを、その実《じつ》、疎《うと》んでなどおらんのだろう？」

「はい。好んでもいないものを無理に学んでみても、続きません」

「儒者にはなれぬか」

「私に儒学は向いていませんよ。私はただ、好きこそものの上手なれと申すとおり、心の赴《おもむ》くままに物語を読みふけるうちに、いつの間にか漢学が身についていたに過ぎないのです」

からかうように、遠山は言った。

「才人よの。遊んでおるうちに、途方もない知識を身につけておる。白瀧どののほどの才があれば、昌平坂学問所でもやっていけるぞ。首席は獲《と》れずとも、まずまずの秀才として認められるはずだ」

「仮にそうやって認められてしまっても、ちょっと困ります。儒者として大成したいわけでも、今の政について論じたいわけでもありませんし」

「しかし、上《うわ》っ面《つら》を取り繕《つくろ》うだけで学問所に籍を置ける。籍さえあれば、学問所の蔵書を自在に手にし、書き写して己のものにすることもできるのだぞ。そういったことは考えなんだか？」

勇実は目をしばたたいた。

「なるほど。それがありましたか。学問所の書庫にはどういった書物が収められているのか、確かに、強く興味を惹《ひ》かれますね。そうか。書庫に入るために儒者の真似事をすればよかったのか」

遠山は笑い出した。朗々たる声である。

「白瀧どのは、ちいと腹芸《はらげい》を身につけたほうがよい。正直者に過ぎる。それではいつか足下をすくわれるぞ」

「一介《いっかい》の手習所の師匠ですから、腹芸など、使いどころがありませんよ。二つ、三つの物事を同時に考えるのが不得手なのです。本音と建前をうまく使い分けるような器用さには、まったくもって恵まれておりません」

「それゆえ役人は務まらぬ、といったようなことを、尾花に告げたことがあるそうだが」

ようやく本題に入ったと見るべきか。

勇実は身構えた。まだるっこしい言葉など、遠山は望んでいまい。建前を取り繕うのは苦手だと表明したところでもある。勇実は、きっぱりとした口調で告げた。

「勘定所にお誘いいただいている件、まことにありがたく思ってはおります。しかし、手習所の筆子たちを放り出すわけにはまいりません」

「存じておる。尾花が幾度か断られておることもな。それでも儂《わし》は白瀧勇実という男がほしいと思っておった。出世の道が拓けると聞いて、色よい返事をせぬ者であればこそだ。魑魅魍魎《ちみもうりよう》のうごめく勘定所でも、この者ならばきっと優れた成果を挙げることができよう、とな」

「そのように見込んでいただけて光栄ですが、やはり、私は向いておりませんよ。役所勤めがうまくいかなかった父の姿を見てきましたし」

「白瀧源三郎の名を、勘定所の古株らはいまだに忘れておらんぞ。その頃にも出世争いの徒党が組まれておったはずだが、白瀧は清い男であったと聞く。誰ひとり、白瀧源三郎を悪く言う者がおらぬ」

「よほどでない限り、故人を悪く言う人はおりませんよ。きちんと成仏した故人が、生者の営みの障《さわ》りとなることはありませんから」

ふふん、と遠山は笑った。

「白瀧源三郎は能吏《のうり》であった、と勘定所の者らは言う。しかし白瀧どのは、役所勤めがうまくいかなかった父、と言った。目に映るものに違いがあるは、何ゆえであろうか」

「私はその頃、せいぜい十くらいの子供でしたので、父が役所で何をしているのか、まったく知らなかったのですよ。父が勤め先から戻ってこずに母が心を痛めていたのを、ただ苦々《にがにが》しく思っておりました。そんなに帰ってこられないとは、仕事のやり方が下手なのではないかと考えていたものです」

「であれば、儂も仕事のうまいほうではないな。常に何かに追い立てられるがごとく、働いてばかりおる」

「遠山さまほどの重役であられれば、それも致し方ないかと存じますが」

改めてまっすぐに、遠山は勇実を見据えた。

「儂を手伝うてはくれんか？　大それたことを成したいわけではない。ただ、穏やかに世が保たれるよう、目を配りたい。その目が足りておらんのだ。腐ったものを除くための手も足りぬ」

「遠山さまのお志は、尾花どのからもうかがっております。しかし……」

どれほど言葉を重ねられても、勇実は遠山の申し出を受けることができない。

踏ん切りがつかないのだ。

いっそ頼むのではなく命じてくれればよいものを、とも思う。勘定奉行という、三千石取りの旗本に上から命じられれば、無役《むやく》の御家人《ごけにん》である勇実は逆らうことなどできない。

だが、遠山は、思いがけないことを言い出した。

「勘定所でないのであれば、どうだ？　白瀧どののほどの才人を野にあるままにしておくのは、やはり惜しいのだ。白瀧どの、その知を世のために役立てようとは考えぬか？」

「世のため、とは？」

「適材適所というものがあろう。腹を割って話してもらうぞ。今から儂が問うことに対し、率直に答えるのだ。よいか？」

「はあ」

勇実はぽかんとしながらも、遠山にうなずいた。

四

桃園亭の二階は、東の大窓から差し込む朝日で明るかった。

千紘はまばゆい空に目を細め、曙光に照らされる庭を眺めやった。

大きな岩が林立し、くすんだ色の竹がしょぼしょぼと生えている。庭木の多くは桃で、今は葉の一枚もついていない。もっと暖かくなれば、華やかな薄紅色《うすべにいろ》の花が咲き乱れ、この庭もきっと美しくなるのだろう。

二階とさほど変わらぬ高さにこしらえられた丘を見やる。そこに造られたあずまやで、勇実と遠山が話をしているはずだ。

「どんな話をしているのかしら。遠山さまたち、あそこにいて寒くないんでしょうか？」

千紘はつぶやいた。

あずまやは陣幕のように布で覆《おお》われ、こちらからは中がのぞけない。

千紘の隣に立つ菊香は、静かに白い息を吐きながら、見るともなしに庭のほうへまなざしを向けている。すっかりしょげている様子だ。

菊香は、二月ほど前に勇実を突き放してしまったことを悔《く》いている。

事情を聞けば、勇実が不用意なことを言ったのは確かだった。だが、青ざめながら謝罪する勇実をなぜあれほど責めてしまったのか、と菊香は深く嘆いている。

千紘はどうにかして菊香が勇実と話せるよう、お膳立てするつもりだった。昨晩、勇実が離れにこもっているとき、話しに行けばよいと菊香を促してもみた。けれども、菊香は尻込みしてしまった。勇実さまは写本の仕事をしているのだから邪魔などできない、と。

少し不思議な感じもする。

千紘の目には、菊香が勇実を慕《した》っていると見えたことは一度もない。菊香は誰にでも親切で礼儀正しく接する。むろん勇実に対してもだが、それ以上のものがあるとは思えずにいた。

今の菊香のしおれようは、千紘にとって思いがけないことだ。菊香自身も戸惑っているように見える。

もしかして兄上さまのことが好きなの、と訊いてみようとした。これまでにも冗談めかして、菊香さんが兄上さまの面倒を見てくれればいいのに、と言ったことがある。

今は、言えない。言えなくなってしまった。

千紘は菊香の手に触れた。千紘の手も温かくはないが、それよりさらに、菊香の手のほうが冷えている。

「菊香さん、そろそろ下に行きましょうか。朝餉を用意していただいているんですって。こんな素敵な茶屋で朝餉をいただくなんて初めてだわ。楽しみよね」

龍治が千紘の隣、菊香がいるのとは逆のほうに、ひょいと割り込んできた。

「さあ、二人とも行こうぜ。窓を開けっぱなしにしてたんじゃ寒くてかなわん。新年早々、風邪をひいたりしたら、話にならねえぞ」

今年で龍治は二十四だ。千紘は二十になった。

龍治には清冽《せいれつ》な朝の光が似合う。常日頃であれば、そろそろ起き出して鍛練《たんれん》を始める刻限か。冷え込んだ早朝でも、木刀を振るい始めると、龍治はすぐ肌に汗をにじませる。おはよう、と大声で言う朝一番の笑顔は、いつもすがすがしい。

今日の龍治は、高級な料理茶屋でも恥ずかしくない一張羅《いっちょうら》だ。きりりとした羽織袴姿だと、稽古着姿で飛び回るいつもの龍治とはまた違ったふうに見える。つい目を惹かれてしまう。

龍治は千紘のまなざしの意味を察しているようで、芝居がかった仕草で襟元を整え、得意げに笑ってみせた。

「決まってるだろ？」

「いつもちゃんとしていればいいのに」

「たまにでいいだろ。千紘さんがそうやってめかし込んでるときは、俺も隣に立っておかしくないくらいの格好をするからさ」

千紘がまとっているのも、持っているものの中ではいちばん上等な着物だ。茶色の地に万筋《まんすじ》の模様が入って、薄紅色のように見える袷《あわせ》。上等なだけではなく、色味がかわいらしいので気に入っている。

頑張ってみたのは着物だけではない。ちゃんと化粧をしている。紅を差した唇は、鏡越しに自分でもどきりとするほど大人っぽく見えた。龍治は気づいているだろうか。

去年の元旦を思い返してみる。千紘の手習いの師匠である百登枝のところで初日の出を見た。いちばんに新年のあいさつをしてくれたのは龍治だった。今年は皆の声が入り交じっていて、にぎやかだった。

一年の間に何が変わっただろう？

千紘は手習いの師匠としての一歩を踏み出した。忙しくなってきた、という手応えがある。

それに、龍治のことも。

二人の間柄が変わっていくのを恐れていたのは、もう昔のことだ。千紘は今、待ち望んでいる。二十になった千紘を、龍治はどう想ってくれているのだろうか。その答えを聞かせてほしい。

不意に。

「あれは？」

菊香がささやいた。つないだ手に、びくりと震えが伝わってきた。

千紘は菊香を振り向いた。どうしたの、と問うより先に、菊香が千紘の手を離し、窓から身を乗り出した。

「いけない！　勇実さま、逃げて！」

物静かな菊香が声の限りに叫んだ。

千紘はあずまやのほうを見やり、息を呑んだ。恐ろしさに身がすくみ、悲鳴さえ出ない。

あずまやを囲う布が乱暴に取り払われた。大柄な暴漢が抜き身の刀を手に、あずまやを襲っているのだ。

暴漢は隻眼である。右目に眼帯をつけている。ぱっと見ただけでも五人、手下とおぼしき男を従えている。

龍治が階下に向かって怒鳴った。

「火牛党だ！　権左だ！　出会え、敵襲だぞ！」

起伏《きふく》に富んだ庭が、敵の奇襲を容易にしてしまった。丘の向こうから忍び寄った権左の姿は、桃園亭の母屋からは見えなかった。むろん、布を巡らせたあずまやからは、うかがいようもなかったはずだ。

龍治はぱっと窓から離れ、跳び下りる勢いで階段を降りていった。貞次郎が続く。

庭や階下《かいか》に詰めていた役人たちが騒然としだした。出会え、出会え、と張り上げた声が聞こえる。

真っ先に、琢馬が弓矢を手に、庭を突っ切って駆けていく。

千紘は何もできない。菊香が叫び、勇実に危機を知らせる。

「勇実さま、離れて！　勇実さま！」

権左があずまやへ踏み込みながら刀を振るう。

勇実と遠山がもろともに転がりながら、あずまやから飛び出してきた。危ういところで権左の刀をまぬかれる。

遠山を庇って立った勇実は、腰の刀に手をやった。だが、あっという顔をする。長いほうの刀は桃園亭に預けてある。身を守るための武器は、刃長《はちょう》一尺半ほどの脇差《わきざし》のみ。

一方、権左の刀は大振りで、勇実の脇差の倍も長さがありそうだ。

菊香が悲痛な声を上げた。

「勇実さまっ！」

権左は咆哮《ほうこう》し、刀を振り上げた。朝日を浴びた刀がぎらりと光った。

五

勇実が突然の凶事《きょうじ》に気づいたのは、己の名を呼ぶ菊香の声が耳に飛び込んできたからだった。

聞いたこともないほどに切羽詰《せっぱつ》まった調子で、菊香が叫んだのだ。

「勇実さま、逃げて！」

遠山の眉間に皺が寄った。荒々しく土を蹴る足音が聞こえた。

殺気としか言い表しようのないものを、垂らされた布越しに感じた。その布が、向こう側からつかんで引っ張られる。

体がおのずと動いた。勇実は遠山に飛びつき、もんどりうって転がり逃れた。

凶刃《きょうじん》が唸《うな》りを上げ、たった今まで勇実がいたあたりを薙《な》いでいった。

遠山を背に庇って立ち上がる。とっさに刀に手を掛けながら、しまった、と思った。脇差では短すぎる。勇実は小太刀《こだち》術が得手《えて》ではない。二尺二寸の刀を想定した剣術の、守りを固める立ち回りが勇実の戦法だ。

それでも抜刀する。長大な刀を八双《はっそう》に構える権左を睨《にら》む。

「生きていたのか」

権左は乱杭歯《らんぐいば》を剝き出しにして笑った。

「幽霊でも見るような顔だな！　ははは、てめえら、やっぱり騙《だま》されやがったか！」

すっかり騙されていたわけではない。疑いは残っていた。

ばらばらの亡骸が流れ着いたとき、火牛党の全員が死んだわけではないはずだと、勇実も龍治も結論づけた。もしも全員が相討ちになったのなら、亡骸をばらばらにして大川に流したのは誰だ？

「幾人死んだのか、誰が死んだのかをごまかすために、仲間の亡骸をあんなふうにしたのか？」

「そういうことよ」

「おまえが、その手で仲間を殺《あや》めて……」

権左は哄笑《こうしょう》した。

「仲間仲間と繰り返すなよ。心が痛むじゃねえか！」

「痴れ事《しごと》を」

いくぶん顔を傾け、ぎらぎらした隻眼を勇実のほうへ向けながら、権左はなおも笑っている。

「あの連中にこれ以上、足を引っ張られちゃたまらないんでね。火牛党はもういらねえ。俺が人生を立て直すためには、手元に残っていたがらくたを全部叩き壊す必要があった」

権左の背後に五人、抜き身の刀を提《さ》げた男がたたずんでいる。いや、丘の下にも三、四人、明らかに役人ではない風体《ふうてい》の者が見える。その傍らに、倒れて動かない役人の姿もある。

出会え、出会えと叫ぶ声が再び聞こえた。

襲撃には皆、気づいている。あちこちから護衛の武士たちが走り寄ってくる。

遠山が桃園亭に連れてきた配下は幾人なのだろう？　腕前のほどは？　大勢で囲み込めば、この凶賊どもを捕らえられるか？

時を稼げば、勝機があるかもしれない。そう信じねばなるまい。

勇実は言葉を重ねた。

「ここに現れた理由は何だ？　遠山さまを狙ってのことなんだろうが、なぜここで、正月一日から、こんな騒動を起こす？　おまえの目的は何なんだ？」

だが、権左は勇実の問いに乗ってこなかった。雄叫《おたけ》びを上げ、振りかぶった刀を叩きつけてくる。

まるで落雷のような一撃。

勇実は脇差で強引に受けた。斬撃《ざんげき》の勢いを削《そ》ぎきれず、脇差を取り落とす。権左は二の太刀を叩きつけてくる。のけぞって、辛うじて躱《かわ》す。

胸にちりりと痛みが走った。着物が裂かれ、肌がのぞいた。浅い傷だが、目の端に血の色が見えた。ぞっと背筋が冷たくなる。

「白瀧どの！」

遠山が声を上げる。権左がそちらを見て、にやりとする。

「一つ答えてやろう。俺の目的はな、けじめだよ」

「何のけじめだ？」

「俺はめったにしくじらねえが、ここに二人、しくじりの証が生きていやがる。遠山景晋と尾花琢馬だ。こいつらを血祭りにあげてから、気持ちよく江戸を離れ、新しい党を興《おこ》そうと思ったのよ！　俺の意のままに動く、血も涙もない咎人《とがにん》の党をよぉ！　一年の計は元旦にありってんで、今日は縁起《えんぎ》がいいじゃねえか！」

権左の凶刃が遠山に向けられる。

勇実はすばやく脇差を拾い、権左に斬りかかった。無我夢中だった。傷の痛みも人に刀を向ける恐れも、その瞬間は吹き飛んでいた。

「えいッ！」

だが、切っ先は届かない。

間合いを読み違えていた。使い慣れた長さではない刀。巨体に似合わず俊敏な権左。

「甘いな」

権左がにたりと笑うのが、やけにゆっくりに見えた。

勇実の斬撃を難なく捌《さば》くと、権左は実に乱暴な仕草で攻撃に転じた。下から斜めに斬り上げる太刀筋。よほどの剛力《ごうりき》でなければ振るうことのできない一撃。

このままでは死ぬ、と悟る。

逃げて、と頭の中で菊香の声がよみがえった。

足だけがかろうじて動いた。その一撃を避《よ》けるべく、地を蹴る。後ろざまに逃れようとする。

「死ねや！」

熱が勇実の体を走り抜ける。

ああ、斬られた。その瞬間は妙にはっきりと、そして妙に冷静に、物事が見えていた。勇実の腹を裂いていった刀の軌跡。たちまち赤く染まる着物。

なおも権左から離れようと動いていた足が、もつれた。後ろ向きに倒れる。どん、と背中がぶつかった。桃の木だ。硬いつぼみをつけた桃の木が、勇実の体を抱き留める格好になった。

勇実にわかったのはそこまでだった。すうっと気が遠のいた。

六

勇実が斬られた。

桃の木を背にして、そのまま、くたりと倒れて動かなくなった。

「勇実さん！」

龍治は駆け寄りながら叫んだ。ほとんど悲鳴のような声だった。

日頃、俊足を自慢しているくせに、肝心なときに役立たずだ。もっと速く走れないのか。勇実が倒されたというのに、権左はまだ遠い。

琢馬を筆頭に、役人たちは弓矢を手に駆けてくる。その者たちを追い抜き、置き去りにしながらも龍治は走るが、間に合わない。

権左は勇実にとどめを刺そうと、刀を振り上げている。

その動きが、突然変わった。

ぱん、と乾いた音が響いた。

権左は勇実から跳び離れた。呻《うめ》いて脇腹を押さえる。

「ぐッ、鉄砲か！」

火を噴きそうな目で、権左は遠山を睨みつけた。

遠山が両手で構えているのは、全長一尺余りの短い鉄砲である。筒先からうっすらと煙の筋が立ち上《のぼ》っている。

「儂を狙っておるのだろうが！　黙って斬られはせぬぞ。その歪《ゆが》んだ性根、叩き直してくれるわ！　かかってくるがよい！」

そしてもう一丁、遠山は懐から同じ型の短筒《たんづつ》を取り出し、構えた。

「舶来《はくらい》の短筒だと？　ご禁制の品じゃねえか。異国かぶれの爺《じじい》めが！」

「長崎におった頃、出島《でじま》の商館長《カピタン》にこの短筒の扱いも習《なろ》うたのよ。筒の短さゆえ弾筋が逸《そ》れやすく、離れた的《まと》に当てるのは難がある。だが今、貴様と儂は十間《じっけん》と離れておらぬ。この近さなら、次は外さぬぞ」

「くそ、この爺……！」

権左は手についた血を着物にこすりつけて拭《ぬぐ》うと、刀を構え直した。痛みをこらえるためか、ひときわ凄《すさ》まじい形相《ぎょうそう》をしている。

遠山が短筒を構えたまま、一歩、権左に近づく。

さしもの権左もその徒党も、じりじりと後ずさる。

「さあ、白瀧どのから離れてもらおうか」

言いながら、遠山は権左らに迫っていく。ただ一人で悪党らを圧倒し、ついには、倒れた勇実を背に庇った。

「調子に乗るな、爺！」

権左が吠《ほ》えた途端、遠山は撃った。

弾は命中した。権左ではなく、その太い腕がとっさに引き寄せた手下の腹に。

権左は、盾にした手下を放り捨てた。手下の苦悶《くもん》の声を、権左の哄笑が掻き消した。

「馬鹿め！　弾込めの隙は与えねえぞ！」

遠山は黙って懐刀を抜いた。切っ先を権左に向ける。

権左の一党が再び気勢を盛り返し、各々《おのおの》の刀を構えた。

間に合う、と龍治は思った。

帯に挟んだ短刀、影左《かげさ》と名づけた相棒《あいぼう》を抜き放った。

「俺が相手だ、権左ぁ！」

叫んだ龍治を、権左は肩越しに見下ろした。

「新手《あらて》か！」

一気に丘を駆け上がり、横合いから飛び込んでいく。体勢を沈め、脚を狙って刺突《しとつ》を放つ。

大柄な権左にとって、その低い一撃はきわめて防ぎにくい。

龍治の刀が権左の右の太ももを貫いた。

ざくり、と確かな手応え。

だが次の瞬間、蹴り飛ばされた。宙に浮いた、と思うと、勢いよく地に叩きつけられた。

息が詰まる。短刀を手放してはいない。しかし、すぐには起き上がれない。

どうにか目だけ上げた。

琢馬の声が聞こえた。

「放て！」

弦音《つるおと》が重なった。風を切る音がして、複数の矢が宙に弧《こ》を描いて権左のほうへ飛んでいく。

権左は刀を振って矢を斬り払った。が、矢の飛来は一度きりではない。立て続けに、あちらからもこちらからも、琢馬たちが権左めがけて射かけているのだ。

唾を吐き捨てた権左は、ついに身をひるがえした。

「者ども、出直すぞ！　だがな、遠山。俺はどこまでもてめえを追うぞ。震えながら待っていろ！　尾花もな、切り刻まれるのを楽しみにしておれ！」

権左は逃げる。丘を下り、裏口のほうへ走っていく。遠山に撃たれた腹を押さえ、龍治に傷を負わされた右脚をわずかに引きずっている。権左の通った後には、転々と血が落ちている。

矢がぱらぱらと、権左一味を追いかける。手下が背に矢を受け、つんのめって走れなくなる。

権左の行く手を阻《はば》もうと、刀で迎え撃とうとする役人たちがいる。しかし、みずから突っ込んでいった若い男が、ただの一合《いちごう》で権左に吹っ飛ばされた。へっぴり腰の四十男は、手下の一人に肩を斬られてうずくまった。

「死にてえやつだけかかってこい！」

権左が吠える。負傷した役人を片手で軽々と吊り上げ、盾にしてみせる。おかげで、弓矢を構える役人たちは動けない。

その隙に、壊された木戸をくぐって、権左一味が逃げていく。役人たちもむろん追いかけるが、外に出られてはどうしようもない。あたり一帯は、初日の出の見物客でにぎわっているはずだ。人混みの中では、刀の振るいようがない。

そんな様子を目の端にとらえながら、龍治は、権左を追うほうへは行けなかった。蹴られた胸もあちこち擦りむいたところも痛むが、その痛みさえ、どうでもいい。

龍治は起き上がり、勇実に近づいた。

「勇実さん？」

震える声で呼びかける。

勇実は目を開けない。桃の木に背を預け、腹の傷から血を流して、ぐったりとしたままだ。顔をうつむけている。

遠山が、血や土に汚れるのも厭《いと》わず、真っ先に勇実の手当てに入った。手ぬぐいを勇実の腹の傷に押し当てる。たちまち手ぬぐいが血に染まる。

「息がある。腹を大きく切られてはいるが、深い傷ではないはずだ。ざっくりいっておったら、はらわたが飛び出してくるからな。者ども、手を貸せ！　屋根の下に運び込むぞ！　誰か医者を呼べ！　早うせい！」

遠山の叱咤《しった》の声を受け、役人たちが弓を放り出して飛んでくる。

龍治は勇実の肩に手を触れる。

血のにおいがする。

「勇実さん？　勇実さん、しっかりしてくれよ。なあ？」

悪い夢を見ているかのようだった。

追いついてきた菊香が、真っ青な顔をして、勇実の名を繰り返し呼んでいた。

第二話　優曇華《うどんげ》の花

一

勇実が眠る部屋の障子《しょうじ》を閉めても、傷の毒消しに使った焼酎《しょうちゅう》のにおいは、相変わらず千紘の鼻を突いた。

蘭方医《らんぽうい》の深堀藍斎《ふかほりらんさい》は静かに告げた。

「傷はすべて縫いました。刃《やいば》は五臓六腑《ごぞうろっぷ》にまでは達しなかったようですが、大きな傷であることには変わりない。しばらくは熱が引かんでしょうな。少しでも気になることがあれば、すぐ知らせに来てください。何もなくとも、明日また診《み》に来ます」

そして藍斎は、手術の道具も詰め込んだ薬箱を背負って、神田佐久間町《かんださくまちょう》の長屋へ帰っていった。

藍斎を見送ると、白瀧家の座敷に会した一同は、疲れきった顔を見合わせるばかりで、しばし黙り込んでいた。一同というのは、千紘と龍治、菊香、貞次郎、龍治の父の与一郎、そして大平将太《おおひらしょうた》である。

外は明るい。まだ昼下がりだ。よく晴れている。うっかり半開きにしたままの障子から、ぽかぽかした日差しが入ってきて、部屋の畳を温めている。

隣の部屋で、勇実は眠っている。目を覚ます気配はない。

今年の正月一日は若水どころではないわ、と、千紘はぼんやり思った。勇実がこんなことになった白瀧家はもちろん、知らせを受けた矢島家でもだ。

菊香と貞次郎は、本来なら昼餉の後に屋敷に戻るという約束だった。二人の両親は、帰りが遅いのではないかと、そろそろ心配しだす頃かもしれない。

権左の凶刃を受けた勇実は、さしあたり、桃園亭で簡単な手当てを受けた。傷のところをぎゅっと縛って、一度は出血も収まったように見えた。

だが、本所相生町の屋敷へ運ぶ間に、腹の傷口が開いてしまった。血だらけの怪我人を運ぶ一行に、初日の出の見物客も、ぎょっとして道を開けた。

先回りした龍治が、馴染みの医者の藍斎を白瀧家へ連れてきていた。勇実が到着するなり、藍斎はすぐさま手術に取りかかった。

勇実は発熱していた。痛みと熱のせいでうなされたり目を開けたりを繰り返し、声を掛けてもろくに応じない。夢とうつつの境が消え、わけがわからなくなっているようだった。藍斎が傷に触れた途端、勇実が痛がって暴れ出したときは、千紘は怖くて見ていられなかった。

藍斎さえ切羽詰まった様子だった中で、菊香がいちばん冷静だった。真っ先に勇実の体を押さえたのも、勇実が舌を嚙まないよう布を口に含ませたのも、痛みのあまり流れる涙を拭ってやったのも、菊香だった。

だが、手術の間はしっかりと藍斎の手助けをしていた菊香も、処置がすべて終わった今、青白い顔で放心している。先ほどまでは、ただ無我夢中だったのかもしれない。

今、勇実のもとには、女中のお吉《きち》がついている。お吉も初めは取り乱していた。千紘の父の源三郎が急死したときよりも、ひどいうろたえようだった。

貞次郎に知らされて飛んできた将太は、医者の家の出だ。将太自身は医術修業をしていないものの、誰かが怪我をしたとか熱を出したというときには、率先《そっせん》して手当てにあたる。藍斎の手術の助手としても十分に役立っていた。

いきなり、龍治が両手で己の頰を叩いた。ばちん、と派手な音が鳴る。皆が龍治のほうを見た。

「しっかりしなけりゃな。琢馬さんがじきに顔を出すはずだ。勘定所のほうから手配が行って、権左の行方を追う手筈《てはず》はすでに整っていると思う。俺たちも呆《ほう》けてばかりはいられない」

与一郎がようやく口を開いた。苦々しげに呻くような口ぶりだった。

「あの土左衛門が流れ着いた後も、火牛党の危機が去ったわけではないと気を引き締めていたつもりだったんだが……まさか勇実が、あのような目に遭うとは」

将太が心配そうに言った。

「勇実先生の手習所はどうなるんでしょうか？　いや、まずは勇実先生の看病をどうするか、ちゃんと決めておかないと」

「あの様子では、看病には手がかかりそうだな」

「はい、与一郎先生。下手に動かせばまた傷口が開くし、熱もひどくて、脈が速いのも気になります。今のところ傷が膿《う》んではいませんし、はらわたも傷ついていないという話でしたけど、傷から入った毒が五臓六腑に回ってしまうこともあります。油断はできないんです」

「うむ、儂も怪我がもとで病みがちになった者を幾人も知っておる。もともと弱っておった臓腑《ぞうふ》が、骨を折ったり歯が抜けたりする痛みに耐えかねたかのように、病を発するのだ」

「勇実先生は二十六。まだ若いので、本復《ほんぷく》できるはずです。そう信じています。でも勇実先生、この頃は疲れ気味で元気がなかったし、風邪のひき始めだった。それに、源三郎先生と同じように、喉や肺はあまり強くないと聞いたことがあります。だから不安です。いや、大丈夫だと思うけど、でも……」

「千紘、勇実についていてやれるか？」

与一郎に水を向けられた千紘は、小さくかぶりを振った。

「わたし、どうしていいかわからない。あの、兄上さまが傷を負ってからずっと、何の手伝いも何もできなくて、ごめんなさい。怖くて……」

「致し方あるまい。こんなことになれば、千紘のように身がすくんでしまうのが普通だ」

「でも……でも、菊香さんはちゃんと働くことができたのに」

桃園亭での手当ての間も、本所への帰り道でも、千紘はただ泣くばかりだった。勇実がぐったりしたまま動かないという、悪夢のような光景。泣いている場合ではないと自分を叱咤《しった》してみても、どうにも体が震えて駄目だった。

戸惑いを交えた様子で、将太が口を挟んだ。

「勇実先生の看病のことだけど、千紘さんにも手習いの仕事があるだろう。三が日が明けたら、仕事に出ることにしているんだよな？」

「そういう約束になっているわ。わたしの筆子の桐《きり》さんは、同じ年頃の子よりも学びが遅れているのを気にしていて、なるたけ休みたくないと言っているの。わたしも桐さんの力になりたい」

「わかるよ。俺も自分の事情で筆子たちを振り回すまいと心に決めている。でも、勇実先生の看病をお吉さんだけに任せるのは無理だ。さっきの勇実先生の様子だと、世話をするのにも手がいると思う。力仕事も必要になるだろうし、俺がずっとついていられればいいんですけど、手習所のことを考えると……」

龍治と与一郎が唸った。

菊香が声を上げた。

「わたしにやらせていただけませんか」

千紘は目を見張った。とっさに出てきたのは、駄目、という一言だった。

「駄目よ。菊香さんだって奉公先を探したり、いろいろあるでしょう？　八丁堀からここまで通ってきてもらうわけにもいかないし」

「千紘さんが怪我をしたときは、毎日通ってきました」

「それは、わたしが大した怪我ではなかったからよ。治るまでさほどかからなかったし、お世話が必要というほどでもなかった。こたびは違うわ。さっきの兄上さまの様子、もちろん覚えているでしょう？　熱のせいなのか、わけがわからなくなって、うなされて暴れて。あんな姿、本当は菊香さんに見せたくなかった」

千紘は怖かったのに、菊香は何ともないのだろうか。

菊香がまっすぐ千紘に向き直った。

「では、違う案を出しましょう。千紘さん、白瀧家でわたしを雇ってもらえませんか？」

「雇う？」

「わたしは、住み込みで働く先を探しているのです。前に勇実さまからいただいたお誘い、今さらですが、お受けしたく思います。わたしが奉公人として白瀧家に住み込んで、勇実さまの看病という仕事をいたします。どうでしょう？」

千紘は答えられなかった。混乱していた。

だって、菊香は勇実に告げられたその案をはねつけたのではなかったか。言葉の行き違いがあったとはいえ、菊香は勇実の安直なものの考え方に腹を立てた。そのために、どうしようもない仲違《なかたが》いをしたはずだ。

龍治が膝を打った。

「それがいい。いや、違うな。白瀧家が雇うんじゃない。菊香さん、矢島道場があなたを雇うよ」

「矢島さまが、ですか？」

菊香は、龍治と与一郎の顔を順繰りに見つめた。龍治は菊香のまなざしをまっすぐ受け止めた。

「勇実さんが深手を負ったのは、襲撃に備えきれなかった矢島道場の落ち度だ。俺や親父や門下生で勇実さんの世話をしたいところだけど、俺たちだけでは手が回らない。恥ずかしながら、菊香さんほど気が回る者もいない。だから菊香さんを雇って、俺たちの代わりにやってもらう。それでどうだろう？」

龍治はぐるりと一同を見回した。

与一郎が付け加えた。

「自分で動けん者を厠《かわや》へ連れていくのは難儀だ。厠ももちろんだが、着替えをさせたり体を拭いたりと、菊香さんにはやりづらい仕事もあるだろう。そういうときは、道場へ人を呼びに来ればいい。昼間は必ず誰かがおるし、夜中でも儂や龍治は手を貸せる」

将太が勢い込んで言った。

「人手がいるんなら、しばらくの間、俺を矢島家の離れに寝泊まりさせてもらえませんか？　昼間は手習いの仕事があるけど、そうでないときは、いつでも呼んでもらいたいんです」

「俺はいいと思うぜ。医者の家で育った将太がいてくれるのも心強いしな。千紘さんはどう思う？」

龍治に問われ、千紘は迷いながら口を開いた。

「みんながそれでいいのなら……でも、わたし、何もできない。何かをしたいけれど……」

将太が千紘に言った。

「千紘さん、相談がある。勇実先生の手習所を手伝ってほしい」

「えっ？　どういうこと？」

「俺が一人で筆子たちの面倒を見るのは難しい。それに、俺は中之郷《なかのごう》のほうへ行く日もある。千紘さんが一緒に矢島家の離れで手習いを教えてくれるなら、筆子たちに迷惑を掛けずに済む。勇実先生も、きっと安心してくれるはずだ」

「待って、わたしだって面倒を見ている筆子たちがいると言っているでしょう。

その子たちをどうすればいいというの？」

「その筆子たちも一緒にこっちへ通ってもらうことはできないか？」

「でも、わたしの筆子は女の子、武家のお嬢さんよ。一番年長の桐さんは十二になったところで、男の子の目を気にしだす頃でしょう。それなのに、男の子たちと同じ手習所に通うなんて。町人地にはそういう手習所もあると聞くけれど」

貞次郎がそろそろと手を挙げた。

「武家地にも、ありますよ。私が八丁堀で通っていた手習所では、旗本の大奥さまが女の子を、大奥さまの孫にあたる若先生が男の子を教えていました。障子を隔てて隣の部屋で女の子が学んでいたんです。私は、学びに障りがあるとは感じませんでした」

「それは、貞次郎さんが初めから、その手習所ではそんなふうだとわかっていたからではない？　わたしの筆子たちは違うの。あの子たちの兄上さまや姉上さまも、男女が入り交じった手習所やお稽古事なんて通ったことがないはずなんです」

「やっぱり、戸惑うでしょうか？」

与一郎が口を挟んだ。

「儂は、将太や貞次郎の言うとおり、女の子たちを離れに通わせればいいと思うがな。あの離れは、六帖の部屋が二つ並んだ間取りになっておる。今は取っ払っておる襖をもとに戻すなり、衝立《ついたて》を使うなりすれば、貞次郎が学んだ手習所と同じような使い方ができるだろう」

「でも、おじさま、いいの？『男女、七つにして席を同じゅうせず』でしょう。男の子と女の子を同じ場で学ばせることを嫌う人もいるのではないかしら」

「いるだろうな。だが、離れの貸し主である儂は歓迎する。珠代も、女の子が通ってくれれば喜ぶだろう。珠代は剣術でも手習いでも、男に交じって鍛えておったのだからな」

愛妻の名を挙げた与一郎は、先ほどより明るい顔つきになっている。暗中模索《あんちゅうもさく》から一歩抜け出したと思っているのだ。千紘はまだ尻込みしているというのに。

筆子の女の子たちを、男の子と同じ手習所で学ばせる。自分がそうしてこなかったから、どうにも踏ん切りがつかない。

「……筆子たちに訊いてみます」

将太が前のめりになった。

「頼む、千紘さん。勇実先生が戻るまで、手習所を守りたい。力を貸してほしい。俺、何としても勇実先生の役に立ちたいんだ。手習所のことも、看病のことも、できることは何でもしたい」

「それは、ありがたいけれど……」

「俺がそばにいないときに、勇実先生が傷つけられた。そのことが、どうしようもなく悔しいんだ。一緒にいれば何かできたんじゃないか。初日の出を見に行くって話を聞いたときに、無理にでもついていけばよかったんじゃないか。今さらひっくり返しようもないのに、もしもこうしていればと思ってしまう」

菊香がぽつりと言った。

「その場にいても、わたしは何もできませんでした。だからこそ、今、どうにかしてお役に立ちたいのです」

険《けわ》しい目を伏せた龍治が、畳をじっと睨んでいた。

どうすればいいかわからないとき、千紘には相談できる相手がいた。

手習いの師匠である百登枝だ。

幼い頃から才女で鳴らしていたという百登枝は、どんな問いを投げかけても答えてくれた。物知りなだけではなく、知恵が回り、頓智《とんち》も利いている。優しい人柄だが、時にびっくりしてしまうほど、勝気なことを言ってのけたりもする。

千紘は百登枝のところへ、話ができるかどうか、うかがいを立てに行った。百登枝の住む井手口《いでぐち》家の屋敷は回向院《えこういん》のそばにある。白瀧家の屋敷からも近い。

しかし、この日の夕刻、千紘は百登枝に会えなかった。

百登枝は病床に就いている。数年前からじわじわと百登枝の命を削ってきた病は、ここに来てとうとう、百登枝の喉首に食らいついたように思える。

見舞って話をする、ということさえ、もうできそうにない。

顔馴染みの女中から百登枝の様子を知らされた千紘は、その場では何とか涙をこらえたが、帰宅した途端に泣きだしてしまった。

今日は泣いてばかりいる。目が腫《は》れぼったい。鼻も詰まってしまい、口で息をするたびに、喉がひりひりと痛む。

「どうすればいいの……」

答えの出ない問いを、暗い部屋にへたり込んだまま、ぐるぐると繰り返していた。

八丁堀の自宅へ着替えなどを取りに行っていた菊香が、いつの間にか戻ってきた。

ていた。菊香は行灯《あんどん》をともし、火鉢に炭を入れると、手ぬぐいで千紘の涙を拭った。

「今から夕餉を作りますね。千紘さんは、温かくして待っていてください」

「おなかがすかないの」

「少しでいいから食べましょう。朝も昼も食べそこねたから、何か胃に入れなければ、体に障りますよ。勇実さまの薬も煎《せん》じないといけませんね」

きびきびと立ち働く菊香の後ろ姿を、千紘はただ見つめることしかできなかった。

二

その日の時の流れは、ずいぶんとのろまだった。やっと夜になった。

龍治は、見舞いの品を持って訪れた琢馬を、道場の脇部屋に迎え入れた。

「琢馬さん、勘定所のほうは？　権左や手下に手傷を負わされた人がいただろう？」

「大怪我をした者もいましたが、幸い、死者は出ておりません。遠山さまもかすり傷で済みました。権左の手下は、助かりそうにない者もいますがね。龍治さんこそ、大丈夫でしたか？　蹴られたところは？」

「今の今まで忘れてたぜ。大した怪我じゃない」

「それはよかった。遠山さまの短筒については、見なかったことにしてくださいね。鉄砲の音などしなかった、唐土の正月のように竹に火をつけて爆《は》ぜさせただけだ、ということで口裏を合わせてあります」

「承知した」

琢馬から汗のにおいを感じた。脂汗のにおいだ。

洒落者《しゃれもの》の琢馬は普段、麝香《じゃこう》のよい匂いをまとっているはずなのに、今はそんな余裕もないらしい。目元には青黒い隈《くま》ができているし、愛想笑いひとつ浮かべようともしない。今日一日で憔悴《しょうすい》したのが見て取れる。

龍治は琢馬に尋ねた。

「裏で糸を引いていたやつはいたのか？」

「いえ、こたびは権左一味の勝手な動きだったようです。遠山さまを目の敵《かたき》にしている末吉善次郎《すえよしぜんじろう》が、あの悪党とつながっていると思われては困る、などと弁明して、権左捜しに協力すると申し出てきました。そもそも火牛党は、請け負っていた仕事を途中で放り出したまま、壊滅あるいは出奔《しゅっぽん》したらしいんですよ」

「その末吉って野郎、火牛党も権左も役に立たなくなったから、ばっさりと切り捨てることにしたのか」

「ええ。末吉が火牛党に金を渡して殺しを命じていたのは確かでしょうが、証がありません。遠山さまは末吉の謀略を知りながら、利用する道を選ばれました。だから末吉のほうも、謀略のあらましを知られているとわかっていながら、遠山さまに尻尾《しっぽ》を振ることを選びました」

「気色悪い話だな。腹の探り合いをしながら手を組むなんて。何にせよ、勘定所の内輪揉めはいったん落ち着いたと見ていいのかな?」

「一応はね。まあ、敵方の連中を抱き込んだところで、権左の尻尾をつかむには役に立っていないんですが。連中、権左の行方はまったく見当もつかないらしくてね。腹立たしい話だ、くそ」

ぎりっ、と音がした。琢馬が奥歯を食い縛った音だ。

「ここまでの道中、琢馬さんは危うくなかったのか? 一人だろ?」

「返り討ちにするつもりで身構えていたんですがね」

冗談を言っているわけではないことは、琢馬の目を見ればわかる。ぎらぎらした目だ。襲撃の後の桃園亭で、勇実や勘定所の役人たちの手当てに皆が奔走《ほんそう》する間、琢馬が幾度となく「許せねえ」と呻くのを、龍治も聞いていた。

きっと琢馬は、勇実が自分の代わりに斬られたと思っているのだ。本来なら権左の凶刃を受けるはずだったのは自分なのだ、と。

「奉行所も権左を追っているんだろう？」

「火盗改《かとうあらため》もね。二度も勘定奉行の命を脅《おびや》かした凶賊を野放しになどできないと、大勢の捕り方が手柄を競うように江戸じゅう捜し回っているようですが」

「見つからねえのか。なあ、琢馬さん、これから……」

話を切り出そうとしたところで、龍治は黙った。

戸を隔てた向こう側、夜の暗がりの中に人の気配が動くのを感じたのだ。琢馬も同じ気配を感じ取ったようで、眉をひそめた。

聞き覚えのある声が、戸の向こうからひっそりと忍び込んできた。

「よう、兄さんがた。邪魔していいかい？」

「誰だ？」

問わずとも、龍治にも正体はわかっている。だが、念のためだ。琢馬は、鞘《さや》ごと抜いて床に置いていた刀をつかんだ。

声の主は笑った。

「ぴりぴりしてるようだねえ。無理もないか。戸の外に立ってるのは鼠小僧だよ。天下の大泥棒らしく、こっそり部屋に忍び込んでもよかったが、気の立った兄さんがたに斬られでもしたら、話にならねえんでな」

「入っていいぞ」

龍治が許しを出すと、戸がすっと開かれた。

小柄な男である。顔には鼠の面をつけ、身なりは鳶《とび》のよう。本名は次郎吉といって、年の頃は二十代後半だろう。夏に箱根《はこね》に滞在した折、たまたま知り合った。

天下の大泥棒とみずから誇らしげに名乗るとおり、大名屋敷に忍び込んだり、羽振りのいい大店《おおだな》では奉公人として働いて内情を探ったりと、大胆不敵なことをやってのける。しかも盗みを働くだけでなく、狙った獲物の悪事を暴いては江戸じゅうを騒がせ、それをおもしろがっている。

三か月前、お忍びで出歩いていた遠山が襲撃を受けたときにも、次郎吉は居合わせた。襲撃を命じた者は勘定所の政敵、末吉一味だったが、実際に動いたのは火牛党だった。

その後、火牛党とつるんでいた悪徳同心、赤沢勘十郎を破滅に直接追い込んだのは、次郎吉の盗みの手腕だった。赤沢が後生大事《ごしょうだいじ》にしまい込んでいた悪事の証を盗んで、明るみに出したのだ。

次郎吉は、吐息《といき》のような声で言った。

「勇実先生が権左にやられたんだって？」

「耳が早いな。どこで知った？」

「ふふん、鼠小僧の早耳は商いの秘密だぜ。そうたやすく明かせるもんかよ」

「こんなときにふざけるな。俺も今日ばかりはかまってやる余裕がない」

「ああ、わかってる。正月らしく汁粉《しるこ》なり雑煮《ぞうに》なりにありつけるんじゃねえかと思って訪ねてきてみたら、とんでもないことになってるのを知ったんだ。初めは通夜《つや》かと思って、ぎょっとしたぜ」

「通夜だなんて、よしてくれ。縁起でもない」

次郎吉が白瀧家の屋敷をのぞいたのは、ちょうど手術が終わった頃だったようだ。話を盗み聞きしているうちに、勇実が凶事に見舞われたことがわかったらしい。それから湯島のほうへ行って、何が起こったのか、巷《ちまた》の噂話を拾ってきた。

龍治は次郎吉に「耳が早い」と言ったが、そんなことはなかった。勇実が凶賊に襲われたことについては、近隣ですでに噂が広まっている。外に出なかった龍治が噂を耳に入れなかっただけだった。

噂になるのも当然だった。勇実は血まみれの姿で運ばれ、その様子を見た者も少なくなかった。手習所や矢島道場へ新年のあいさつをしに来た者たちもいたが、白瀧家でも矢島家でもろくに応対できなかった。

恐ろしいことが起こったのは一目瞭然《いちもくりょうぜん》で、あとは湯島のほうから真相が伝わってきたというわけだ。正月気分の江戸の町はすりや喧嘩やひったくりが多く、捕り方たちも目を光らせているものだが、権左探索の命《めい》が下された今日は一段と殺気立っていたらしい。

次郎吉は身を乗り出した。

「勇実先生の怪我、どんな具合なんだい？」

「腹と胸に切り傷。腹の傷のほうが大きくて深いけど、臓腑は傷ついてない。ただ、かなり血が流れた。しかも傷のせいで熱が出て、まだ目を覚まさない」

「ずっと眠りっぱなしなのか？」

「いや、手術をしようってときには、目を開けてたんだ。起きてるように見えた。でも、熱のせいなのか、ちゃんとした受け答えができなかった。目を開けたまま悪い夢を見続けてるみたいに、怯《おび》えて暴れたりなんかしてさ。いつも静かな勇実さんとは別人みたいだった」

「怪我人が手当てのさなかに半狂乱になるってのは、よく聞く話だ。まともなまんまじゃ痛みに耐えられないんだろうねえ。今は落ち着いてんのかい？」

「ああ。菊香さんとおふくろが看てるよ。二人とも本当に肝が据わってるな。特に菊香さんは、勇実さんがおかしくなってた間も冷静だった。俺は動転しちまって……駄目だよな」

龍治は拳《こぶし》を握りしめた。

「旦那は勇実先生のことを実の兄貴みたいに頼ってるからな。その大事な兄貴が弱っておかしくなってる姿なんて、耐えられねえんだ。千紘嬢ちゃんもそうなんだろ。身近であればあるほど、病や怪我や老いのために弱ってる姿を受け入れがたいもんさ」

次郎吉はずばずばと指摘した。

ぐうの音《ね》も出ない。龍治は唇を噛んで黙り込んだ。

息詰まるような、重苦しい静寂《せいじゃく》。

琢馬が低い声で言った。

「鼠小僧、頼みてえことがある。金なら出す。いや、あんたが金より好むものでもいい。勘定所の役人が隠している悪事を明かしてやるよ。だから、俺の頼みに力を貸せ」

まるでやくざのような目つきと口ぶりだ。しかし、きっとこちらが琢馬の本質だと、龍治は思っている。上品ないでたちとしゃべり方のときは、何となく嘘くさい。荒っぽい琢馬のほうが正直で、龍治は好きだ。

次郎吉は、へえ、と芝居がかった調子で言った。

「いいのかい？　真っ当なお役人が泥棒に取り引きを持ちかけるなんてさ」

「俺はそもそも真っ当じゃねえよ」

「尾花の旦那、あんた、そういう口の利き方をする人だったっけ？」

琢馬はふんと鼻を鳴らし、片膝を立てた。

「死んだ兄貴の真似をして上品ぶってんのは、勘定所の勤めがあればこそだ。どうせこのままじゃあ、俺は帰るところがねえ。親父からの厳命でな。遠山さまに二度も凶賊を近づけたこと、兄貴の仇を二度も討ちそこねたこと。そのしくじりを返上するまでは屋敷の門も勘定所の門もくぐってはならん、とな」

「確かに、旦那がいくら上役の覚えがめでたくても、二度も仕損じたんじゃあ体面が保てないよねえ。武家ってのは大変だ。勘定所のお仲間は助けてくれねえのかい？」

「あの連中が頼りになるもんか。遠山さまほどの立派な身分のお人を守るってんなら護衛でも助太刀でも増やせるが、俺程度の下っ端は、気張ってこいよと放り出されておしまいだ。あれだけのしくじりを犯しておいて、処罰されなかっただけましってもんだろう」

「遠山一派をよく思ってない連中にとっちゃ、旦那を体《てい》よく追い出す絶好の機会だもんなあ。遠山の旦那は何て言ってるんだ？」

「大っぴらには手を貸してやれん、だとさ。謹慎を言い渡された」

「勤めに出てこなくていいから、なすべきことをなせ、というわけだな。大っぴらでなけりゃ、力を貸してくれるんじゃねえのかい？　何せ、尾花の旦那、あんたは遠山の旦那にとって、たいそう有能な子飼いだからな」

琢馬はまた、鼻を鳴らして笑った。

「どうだかな。替えが利く小者に過ぎないさ。だが、俺もこのまま引き下がるつもりはねえ。嫡男の身分もご公儀のお役も惜しかねえが、奪われっぱなしは腹が立つ。俺がこの手で権左を討って、勘定所に返り咲いてやる」

次郎吉はわざわざ琢馬に近寄り、真正面に回って、じっとその顔を見た。琢馬はぎらぎらした目で次郎吉を見つめ返している。喉を鳴らすようにして、次郎吉が笑った。

「いい顔するねえ。それで、手前に何を手伝えって？」

「権左に俺の居場所をつかませる。権左の手下をとらえたんで責めてみたが、権左の居所を吐かなかった。知らねえんだろうな。だから俺が囮《おとり》になって権左をおびき出す。」

「ほほう。暴れる気だね。鼠小僧、おまえには噂をばらまいてもらいたい」

「しかし、そんな勝手なことをしたんじゃ、奉行所や火盗改を敵に回すかもしれねえぞ？」

「かまうもんか。他人任せにはしていられねえ」

「それで、どういう手を使うんだい？」

「赤座屋《あかざや》が潰れた後、火牛党が根城にしていた賭場《とば》があったな。連中が消えた今、誰が元締めになるかで大荒れだって話を聞いた。俺がそいつを奪う。尾花塚馬がその賭場で権左を待ち受けていると、派手に噂を流す」

　龍治は思わず声を上げた。

「無茶苦茶だ。琢馬さん、危なすぎるぞ。あいつはまずい。単なる人殺しってだけじゃあない。かなりの手練《てだ》れだ。俺をあんなふうに吹っ飛ばせるのは、うちの道場では親父しかいない。戦うとなったら、本当に命懸けだ」

　ふっと琢馬の気が和《やわ》らいだ。息を整えるような間を置いて、琢馬はまた、あの嘘くさいほうの顔をした。

「一人で乗り込んだりはしませんよ。昔の伝手《つて》を使って裏から手を回すから、大立ち回りというほどにもならないはずです」

「でも」

「手伝うなんて言わないでくださいね。龍治さんはこちらを守るので精いっぱいのはず。勇実さんや千紘さんを支えることが、いちばん大切な仕事でしょう」

「そっちも手がいるんだろう？　必要なら、道場の連中に声を掛ける」

「いえ、矢島道場の皆さんは、賭場などで暴れないほうがいい。ごろつきに目をつけられたら大変なことになると、身をもって知ったばかりじゃありませんか。手習所の筆子たちをこれ以上、危ない目に遭わせるわけにはいきませんよね。奉行所からも睨まれてしまいますよ」

　龍治は食い下がった。

「それでも、俺、勇実さんを傷つけた野郎を赦《ゆる》せねえんだ。あの場で一太刀浴びせた。でも、あいつは平然としていやがった。あんなんじゃ到底足りない。悔しいんだよ。俺にも何かできることはないか?」

琢馬はかぶりを振った。そして、龍治に向けて初めて、古くからの友であるかのような言葉で語りかけた。

「ここで押し問答《もんどう》を続けるつもりはねえ。龍治さん、わかってくれよ。俺にやらせてくれ。このままじゃ自分をぶち殺してしまいたいくらいに、苦しくてたまらねえんだ。俺が巻き込んだ。俺が油断した。だから勇実さんがあんな傷を負うことになった。俺のせいだ」

「違う」

「いや、俺のせいなんだ。命を狙われているのは俺なのに、勇実さんに肩代わりさせちまった」

「違うって。勇実さんに刀を振るったのは権左で、琢馬さんこそ巻き込まれてるだけだ。琢馬さんの兄上が死に際に、権左の右目を刺した。その右目の借りを返すってんで権左が琢馬さんを付け狙うのは、ただの逆恨みだろう?」

「筋や理屈で説《と》けば、そういうことになるかもな。だが、俺が権左を殺したいと思うのだって、まっすぐ筋が通ってるわけじゃあねえ。あの男は金で雇われて兄貴を襲っただけだ。それでも俺は、殺しを命じたやつよりも、じかに手を下した権左こそを憎んでいる。仇討ちという名目に感謝したいくらいにな」

琢馬は目をそらさない。圧せられそうだ、と龍治は感じた。琢馬が抱える情念と、これから人を斬ろうという覚悟に、肩を並べられる自信がなかった。

「仇討ちは、武士にとっては、真っ当だと認められた闘いだろ。逆恨みで命を付け狙うのとは、まるで違う。琢馬さんには道理があるんだ」

しかし、むなしさを覚えた。結局のところ、人の命を奪うことに真っ当も何もないはずなのに、武士は父や兄を殺されたら、仇討ちをなさねばならない。そういうものだとされている。

仇討ちという名目で人を殺した後も、琢馬は変わらずにいてくれるだろうか。

琢馬が唇の片端だけを持ち上げて、ひっそりと笑った。

「人を巻き込めば巻き込むほど、新たな火種が生まれちまう。だから、龍治さんに手を貸してもらうことはできねえ。俺がすべて終わらせてくる。信じて待っててくれ」

琢馬の手が、ぽんと龍治の肩に乗せられた。

わかった、と龍治は答えた。そうするよりほかになかった。

琢馬は刀を取って立ち上がり、鼠の面をつけた次郎吉とともに出ていった。

三

遠く近く、話し声が聞こえてくる。幾人もの声だ。

勇実は耳を澄まそうとしたが、頭の中に重たい靄《もや》がかかっているかのように、うまくいかない。

熱が高いらしい、と察していた。目玉の裏っ側《かわ》がずきずきと痛む。熱があるときはたいてい、この痛みが出るのだ。

風邪をひくと、すぐに喉が腫れて熱が上がる。いつものことだ。物心ついた頃から、しょっちゅうこうやって寝込んでは、母を心配させている。

いや、それはもう、ずいぶん昔のことではなかったか？

では、今はなぜ、またこうして寝込んでいるのだろう？

あちこちが痛い。ああ、思い出した。刀で腹を切られたのだ。そのときの傷も痛むし、横たわったままでいるせいで、節々や背骨が軋《きし》んで痛む。どちらの痛みもつらい。

喉が渇いた。そう感じた途端、咳が出た。

妙に深い咳は、たちまち止まらなくなる。どうにか呼吸をするたびに、ぜろぜろと、嫌な感じに喉が鳴る。仰向けになっていると、喉が狭まって苦しい。体を起こしたい。だが、痛むばかりの体は、どこにも力が入らない。

聞こえていた声がぴたりと止んだ。素早く近寄ってくる気配があった。

すぐ耳元で、優しい声がした。

「勇実さま、少し起き上がりましょうか。そのほうが、息が楽になるのでしょう?」

背中に腕が差し入れられ、支えられた上体が、ぐいと起こされた。体勢を変えると、慣れつつあった傷の痛みを思い出す。つい呻いてしまう。

「慌てないで。白湯《さゆ》をどうぞ」

咳をしながらでは水を飲むこともままならない。ただ、ほんの少し口の中に湿り気を与えるだけでも、いくらか楽になる。

しかしなぜだろう、と勇実は思う。なぜ、いつ咳き込んで目を覚ますときも、菊香の声が勇実の名を呼んでくれるのか。まさか菊香がつきっきりで勇実を看ているとでも?

重いまぶたを開こうと試みる。だが、うまくいかない。かろうじて薄く開いてみても、飛び込んでくる光に脳を射られるかのようで、痛くてつらい。

結局、目を閉じたまま、発作《ほっさ》が治まるのを待つ。

だんだん咳が落ち着いてくる。ぜいぜいと鳴る喉は相変わらずだが、少しずつ呼吸が楽になってくる。

障子の向こうから声が聞こえてきた。声変わりを迎えつつある少年の声だ。先ほどより頭の中の靄が晴れているようで、誰がそこでしゃべっているのか、勇実にもわかった。

「久助《ひさすけ》と良彦《よしひこ》か……」

ほとんど声にならなかったが、重い舌を動かしてつぶやいた。

勇実の体を支えてくれる人が、ええ、と応じた。

「毎日、筆子の皆が勇実さまの様子をうかがいに来ています。朝も昼も帰り際も。まだお見舞いはできないのかと、皆で心配してくれているのですよ」

「そうか……ありがとう」

やがて咳が止まり、呼吸が穏やかになってきた。ほっとした途端、急激に眠くなる。

がくんと力が抜けた。だが、倒れ込みはしなかった。いつもそばにいてくれる人の柔らかな体が、勇実をしっかりと抱き留めたらしい。

菊香だろうか。違うのだろうか。ひょっとすると、母なのだろうか。

「母上……？」

「いいえ、違いますよ。母上さまのところへ行ってはいけません。ここにいるのは菊香です、勇実さま」

まさか、と思った。何と都合のいい夢だろう。

だが、こうして触れてもらえると、心が落ち着く。全身を苛《さいな》む苦しみも楽になる気がする。

「菊香さん……」

「はい。どうしました？」

優しい声を耳元に聞き、その人に身を預けたまま、勇実は気を失うように眠りに落ちた。

四

千紘は矢島家の離れを片づけて、白瀧家の屋敷へ戻った。

今日は将太が来ない日だったので、とにかく大変だった。男の子たちの元気のよさを甘く見ていた。

女の子たちは行儀よくしてくれるし、千紘が男の子たちに手を焼いていたら、一緒になって怒ってくれる。だが、それがもとで男の子たちとの間に「戦《いくさ》」が起こってしまうのだから困り物である。

境に衝立を置いたくらいでは、戦は防げない。衝立越しに、矢や鉄砲の玉に見立てた紙屑が飛び交うのだ。数は男の子のほうが多いが、いかんせん、千紘の筆子の女の子たちは皆、とてつもなく気が強い。

「競《きそ》うなら、どちらが正しく漢字を覚えているか、みたいなやり方にしてほしいわ。九九を早く唱《とな》えるとか、日の本の国の名を多く覚えるとか」

つい愚痴をこぼしてしまう。

しかし、何となく口にしてみたが、試験で競わせるのは悪くないかもしれない。喧嘩の仲裁になるだけでなく、遊んだり競ったりしながら学ぶのは、楽しい上によく身につくのだ。明日にも将太と相談して、策を講じることにしよう。

「ただいま戻りました」

千紘はそっと言って、屋敷に上がった。

正月六日。明日は七草粥《ななくさがゆ》を作ろうと思っている。今朝、筆子の男の子たちが春の七草を持ってきてくれたのだ。草花に詳しい白太を先生として、皆で探して摘んだのだという。

「勇実先生が元気になるように、お祈りしながら摘んだんだよ。勇実先生、ちょっとだけでも食べてくれたらいいな」

元気でやんちゃな男の子たちも、勇実のこととなると、たちまち泣き出しそうな顔になってしまう。千紘もお吉も、春の七草を受け取りながら、きっと同じ顔をしていただろう。

七草粥は、六日の夜から支度をするのが習わしだ。

春の七草は、芹《せり》、なずな、ごぎょう、はこべら、ほとけのざ、すずな、すずしろだ。野草の匂いと苦みが春の訪れを告げる。

七草粥を作るときは、囃《はや》し唄《うた》を歌う。なずなをまな板の上に、他の六種や料理道具を傍らに置く。包丁でまな板を打ちながら歌うのだ。

「唐土の鳥が、日本の土地へ、わたらぬさきに、なずな七草、はやしてほとと」

春の七草には薬効のある草ばかりが選ばれているのだと、昨日の夕餉のとき、将太が言っていた。七草粥はきっと勇実先生の体にもよいのに、とも言っていた。

今のところ、勇実が夢うつつにも呑み込むことができるのは、白湯と薬と葛《くず》湯《ゆ》、それに重湯《おもゆ》だけだ。いずれも菊香が根気強く、ほんの少しずつ口に運んでくれている。

勇実の部屋の障子を静かに開けると、菊香が振り向いた。

「お帰りなさい。お疲れさまです、千紘さん」

「ただいま。菊香さんこそ疲れているでしょう？　昼も夜も兄上さまの看病ばかりで、気が滅入っているのではない？」

「平気です。それに、お昼は休ませてもらっていますよ。お吉さんや珠代さまにお願いしたり、道場の皆さんが代わる代わる来てくださったりするので、その間にひと眠りしています」

菊香は微笑んでいるものの、疲れを隠せていない。目の下には隈ができているし、髪にはほつれたところがある。着物に焚《た》き染《し》めてあったくちなしの香りも、もうすっかり抜けてしまった。

「兄上さまの様子は？」

「熱がまだ下がりません。でも、藍斎先生によると、傷は順調にふさがっているそうです。風邪のほうも、昨日よりは痰《たん》が切れやすくなったみたいで、咳の発作もさほど長引かなくなってきました」

そうは言うものの、呼吸のたびにぜろぜろと嫌な音で喉が鳴るのは相変わらずだ。千紘の目には、眠り続ける勇実がよくなってきているのかどうか、見分けがつかない。

「藍斎先生、今日も来てくださったのね」

「ええ。千紘さんが手習所にいる間に。わずかずつ変わっていく勇実さまのお体に合わせて、薬を処方してくださっています。傷を縫った糸を抜くことができるまでは、毎日来てくださるそうですよ」

「お薬、効いているのかしら？」

「効いているはずです」

「でも、寝ついたままで熱が下がらない。いつ見ても、苦しそうな息をしているでしょう？　どうしてなの？」

「勇実さまの熱は、風邪をこじらせて喉や肺が病を得てしまったからだそうです。傷口から五臓六腑に毒が回ったのではない、とのこと。だから、今は喉と肺の病を治すため、薬を処方してもらっているのです。わたしも毎度説明していただいて、ちゃんと納得しながら、勇実さまに薬を飲ませてさしあげています」

枕元には、見舞いの手紙が並んでいる。筆子たちや遠山、写本の仕事で世話になっている翰学堂の志兵衛からも届いているようだ。否《いや》が応《おう》でも思い出してしまう情景があった。千紘は思わず、菊香の肩にすがった。

「風邪でも怖いのよ。父上さまが寝ついたときもこんなふうだったの。風邪をこじらせて、熱が下がらなくなって、肺患《はいわずら》いにかかった。筆子たちがお見舞いの手紙を書いてくれて、熱が下がったら読ませようと、枕元に並べていた。でも、父上さまはそのまま……」

本当にあっけなかったのだ。

源三郎はもともとかなり痩《や》せており、季節の変わり目にはよく風邪をひいていた。潑溂《はつらつ》とした人とは言えなかったが、それでもまだ四十六だった。決して生い先短い年頃ではないはずだった。

菊香は体の向きを変えると、千紘をふわりと抱きしめた。

「恐れないで。勇実さまはきっと本復されるはずです。よくなってきている兆《きざ》しがあるのですから」

「そう……そうよね。でも、わたし怖くて、何もできない。兄上さまのためになれないし、菊香さんやお吉の役にも立っていないわ。自分が情けないの」

「そんなことはありませんよ。千紘さんは、手習所を守ってくれているでしょう。勇実さまにとってのいちばんの気掛かりは、きっと手習所のことですよ。勇実さまに代わって筆子さんたちと向き合うことが、千紘さんの役割なのです」

「筆子たちと向き合うことが、わたしの役割……」

力なく繰り返す千紘に、菊香はうなずいてみせた。

「各々《おのおの》、できることを精いっぱい果たしましょう。大丈夫ですよ。明日は七草粥を勇実さまにもきっと召し上がってもらいますね」

「でも、兄上さま、食べられるかしら？　お粥、まだ呑み込めないんでしょう？」

「米粒の形が残っていると、喉に引っかけやすいみたいです。けれど、七草の香りをつけた重湯ならば大丈夫でしょう。筆子さんたちが願いを込めて摘んできた七草ですもの。勇実さまにも味わっていただかないと」

菊香が勇実に語り聞かせるように言った。

そのときだった。

かすかな声が聞こえた。勇実の声だ。悪夢にうなされているかのように、目を開けないまま、うわごとをつぶやいている。つらい、苦しい、助けてくれと訴えているらしい。

弱々しくかすれたつぶやきの中に、一言、はっきりと聞き取れる言葉があった。

「……菊香さん……」

千紘は、はっと息を呑んだ。

「兄上さま、起きているの？」

いいえ、と菊香は冷静にかぶりを振った。千紘を抱きしめたままだ。

「夢うつつですよ。時折、眠りが浅くなったときなどに、こうして何事かをつぶやかれるのです。うっすらとまぶたを開けることもあります。けれど、起きてはいません。助けて、助けてと、うわごとをつぶやくばかり」

「でも、菊香さんの名を呼んだわ。そばにいるのがわかっているのではない？」

「どうでしょうか。たまに、母上さま、とも呼んでいます。そのたびに、そちらには行かないでくださいと、お声掛けしています」

そうやって呼び止める声が菊香のものであると、勇実は夢うつつにも察しているのだ。千紘でも龍治でもなく、菊香こそが、昼夜もなくそばにいてくれているのだと。

千紘はそっと菊香の体を押した。少し離れて向き合う。

「なぜ菊香さんは兄上さまのお世話ができるの？　怖くはない？　嫌ではない？　体を拭いたり晒《さらし》を取り替えたりするのは、きれいな仕事とは言えないでしょう？」

「そうですね。勇実さまが知ったら、気まずい思いをなさるでしょう。ですが、今、勇実さまの周囲にいる人の中で、わたしがいちばんこの仕事に向いていると思いますよ。お吉さんや珠代さまより、わたしは力がありますし」

「兄上さまのお世話のために雇われた身だから、そうやって割り切ることができるの？」

「どうかしら」

「たとえば、菊香さんの父上さまがこんなふうに寝ついてしまったら？」

「もちろんわたしが、と言いたいところですが、きっと母が一人でやりたがるでしょう。父も、弱った姿は母にしか見せたがらないと思います。逆もしかり。わたしが物心つく前に、母が子を流して寝ついたときは、父が一人で母の看病をしたそうですよ。幼子《おさなご》のわたしの世話のために人を雇って」

「そうなのね。夫婦って、そういうものなのかしら」

菊香は小首をかしげた。

「親に尽くすのは子の役目、とりわけ娘の役目だと考えている人のほうが多いと思いますが、我が家は少し違うのです。父が変わっているのですよね。老いたり病んだりして子らに面倒をかけるくらいなら腹を切る、などと言い切る人で、本当にそうしかねない。歯止めをかけられるのは母だけなのです」

「菊香さんの母上さまはおしとやかで物静かなかたなのに、旦那さまに対しては、はっきりと気持ちを伝えておられるの？」

「ええ。だって、わたしと貞次郎の母ですよ。静かなだけの人では決してありません。よほどのことがない限り、どっしり構えています。珠代さまと似ているかもしれません」

「あ、何だかわかった気がする。きっと、武家の女はそうあるべきなんだわ」

「でも、勇実さまが襲われた、怪我が治るまで白瀧家に住み込みますと告げたときは、母でさえ言葉を失った。そのくらい大変なことになっているのだと、わたしも改めて感じました」

千紘は、眠る勇実の顔を見やった。わずか六日で面《おも》やつれし、月代《さかやき》も無精髭《ぶしょうひげ》も伸びてしまっている。うっすら開いた唇は白っぽく乾いている。まっすぐ通った鼻筋も思いがけず濃く長いまつげも、父にそっくりだ。

耐えられない心地になって、千紘は目をそらした。

「わたし、菊香さんみたいになりたい。優しくて強い人に。武家の女として、あるべき生き方をしたい」

菊香はかぶりを振った。

「わたしが勇実さまのお世話をしているのは、優しいからでも強いからでもありませんよ。お吉さんや珠代さまが、幼い頃から大切にしてきた勇実さまを看病するのとも、事情が違います。気持ちの上でも、もちろん違いがあるでしょう」

「だったら、菊香さん、どうして……」

ふと、勝手口が開く音がした。龍治の声が千紘を呼んだ。

「千紘さん、ちょっといいか？」

静かだが、張り詰めた声だった。何となく悪い予感がした。

千紘が勇実の部屋を辞して勝手口に赴くと、龍治は目を伏せて告げた。

「たった今、井手口家から使いが来た。百登枝先生が亡くなったって」

「そんな……」

龍治は目を上げた。

「お悔やみに行こう。俺もついていくから」

呆然《ぼうぜん》として立ち尽くした千紘を、龍治が井手口家まで導いてくれた。

井手口家の離れは百登枝の住まいであり、千紘が学んだ手習所でもあった。通い慣れた離れが目に入ると、ようやく、千紘は自分で手足を操《あやつ》れるようになった。

離れでは、通夜の支度《したく》が進んでいた。

百登枝はもともと病を抱えていたが、特に一昨年からは、だんだんと体調を崩しがちになっていた。去年の冬にはもう起きられない日が増えていた。

千紘も覚悟はできていたつもりだった。

それでも、冷たくなって横たわる百登枝の姿を目にすると、涙が止まらなくなった。

「百登枝先生?」

呼びかけてみても、答える声はない。

そっと百登枝の頰に触れたら、肌は紙のような手ざわりだった。ぬくもりも柔らかさも消え失せていた。

千紘は驚いて、思わず手を引っ込めた。そうしてしまった自分が悲しくなった。

百登枝と最後に話したのは、去年の暮れだった。千紘が幸せになれる道を選ぶように、と優しい声で諭《さと》してくれた。千紘が子供のように泣きじゃくると、百登枝はそっと抱き寄せてくれた。

「わたし、百登枝先生に教えていただきたいことが、まだまだたくさんあったのに……」

涙を流すばかりの千紘のそばで、百登枝の世話をしていた女中たちが、通夜の客を招き入れながら、弔《とむら》いの席を調えている。気丈な女中たちも時折、手ぬぐいや前掛けで涙を拭いていた。

龍治は口を開かず、ただ千紘のそばにいた。

一人、二人と、訃報《ふほう》に接した筆子が飛んできた。年頃も仕事もさまざまな女たちだ。その様子を見れば、取るものも取りあえず駆けつけたのだとわかる。取り乱して泣きじゃくる者も、千紘のように呆然としてしまう者もいる。

そうするうちに、井手口家の嫡男である悠之丞《ゆうのじょう》が離れにやって来た。

「千紘どの、来てくれてありがとう」

悠之丞も、すっかり涙声だった。

「若さま……このたびは、ご愁傷《しゅうしょう》さまです。いつかこの日が来るとわかっていても、いざとなると、本当に寂しくて悲しいものですね」

「うん。祖母は安らかに逝《い》ったよ。苦しみから解き放たれる姿を、そばで見送った。偉大な人だった」

「若さまに見送ってもらえたのなら、百登枝先生も寂しくなかったはずですよね」

「そう思いたい。案外寂しがりな人だったから。祖母から、通夜にはできるだけ多くの筆子を呼んでほしいと望まれている。祖母も一千石取りの旗本の大奥さまという立場だ。弔いにもあれこれと儀礼だの格式だのがついて回るが、祖母もそれを承知の上で、通夜だけは最後のわがままを通させてほしい、と」

「わがまま、ですか」

「ああ。通夜だけはこの離れで、ここで学んだ皆に囲まれていたいと、祖母が言っていた。だから、千紘どのも時の許す限り、ここにいてくれないか？」

「わかりました」

悠之丞は、ちょっと顔を背けて上を向き、まばたきを繰り返した。涙をどうにかごまかすと、千紘に向き直って尋ねた。

「勇実先生の具合は？　我が家がこのありさまなので、申し訳ないことに、見舞いにも行けずにいるが」

「承知しております。それに、兄はまだ目を覚ましていなくて……傷そのもののせいというより、大怪我をして体が弱ったからなのか、風邪をこじらせて肺を病んでしまったみたいなんです」

「心配だな。それは……」

悠之丞は口を開閉し、何か続けようとした。だが、言葉が見つからなかったようだ。悠之丞も源三郎が肺患いで儚《はかな》くなったことを覚えているだろうし、祖母を亡くしたばかりでもある。結局、悠之丞は唇を噛んでうつむいてしまった。

やがて通夜が始まり、線香が焚かれ、経が上げられた。千紘は、だんだんと百登枝が遠くに離れていくのを感じた。そんな気がした。

悲しかった。途方もなく寂しかった。

だが、心細くはなかった。

千紘の隣には、龍治がいてくれた。龍治は口を開きはしなかったが、千紘が時折折檻《せき》を切ったように泣いてしまうたびに、そっと背中をさすってくれた。その温かい手のひらが、千紘の心の支えだった。

五

浅草の新鳥越町一丁目と聖天町のちょうど境にある、人呼んで境目賭場《さかいめとば》は、一見するにただの裏長屋である。もとは火牛党が根城の一つにしていたが、連中が消えた今、境目賭場を取り仕切る者は定まっていない。奪い合いが続いている。

奪い合いというのは、ごろつき同士の小競《こぜ》り合《あ》いだけではない。権左探索の鍵になるかもしれない境目賭場を、奉行所も火盗改もここ数日、睨み続けている。

一触即発。

だが、ご公儀の捕り方連中は、まだ境目賭場に手を出せずにいるようだ。大掛かりな探索であればこそ、動きが鈍い。

その点、琢馬は身軽で機敏だった。

一月八日、夜の帳《とばり》もとうに下りた宵五つ半（午後九時頃）。

「さあ、総仕上げだ」

つぶやいた琢馬は、まっすぐに境目賭場へ向かっていく。

異様に眼光の鋭い木戸番《きどばん》が、どすの利いた声で琢馬を呼び止めた。

「ちょいと、兄さん。見ねえ顔だが、あんた、誰に断ってここから先へ入ろうってんだい？」

女物の派手な小袖を着崩し、鯔背銀杏《いなせいちょう》の髷《まげ》を結った琢馬は、冷たい流し目で木戸番に応じた。

「誰に断ってもいねえが」

目尻にすっと引いた紅が、流し目の色気と迫力をいや増している。木戸番が一瞬たじろぐのが、琢馬には見て取れた。

仕切り直すように、木戸番は唾を吐き、声を荒らげた。

「断りもなしには通せねえな。帰ってもらいやしょうか。怪我をしてえんなら話は別だがな！」

木戸番は力士崩れだろうか。小山のように大柄で、分厚く強靭《きょうじん》な肉を全身にまとっている。いかにも力が強そうだが、膝の動きがいくらか鈍い。はだけた襟元から、極彩色《ごくさいしき》の彫物がのぞいている。

ばきばきと手指の節を鳴らしながら、木戸番が琢馬に迫ってきた。木戸番ひとりではない。暗がりから、柄の悪い男たちがのそりと姿を見せた。

琢馬とて、一人きりで乗り込んできたわけではない。背後にごろつきどもを引き連れている。威嚇《いかく》の声を上げるごろつきどもは、各々の武器に手を掛けた。

左手で鯉口《こいぐち》を握り、琢馬は木戸番に問うた。

「やるのか？」

「おうっ！」

木戸番は一声吠えて、飛びかかってきた。

そのときにはすでに琢馬は鯉口を切っていた。抜き打ちを放つ。

びゅっ、と夜風が唸った。

狙いは脚だ。分厚い肉を断つ手応え。だが加減して、骨に達するほどには斬らなかった。

「おお？」

木戸番は間の抜けた声を発した後、なぜ己の足が止まってしまったかを理解したらしい。たらりと流れる血を見て、ようやく痛みに気づき、絶叫した。

琢馬は血振りをし、地に転がってわめく木戸番に切っ先を向けた。

「かすり傷だろ。その程度で死にゃしねえよ。それで、まだやるつもりか？」

木戸番はひぃひぃと情けなく泣きながら、早々に降参して、琢馬の前に這《は》いつくばった。木戸番の取り巻きとおぼしき連中も、ものも言わず暗がりに引っ込んでいく。

琢馬は鼻で笑った。

「だらしねえな。まあいい。通らせてもらうぜ。おい、てめえら、行くぞ！」

声を掛けると、引き連れたごろつきどもは嬉々とした大声で返事をする。

境目賭場に押し込んだ。

ごろつきどもに「行け」と命じるや、たちまち騒然となった。殺すなよ、と一応申し送ってはいるが、どうなることか。うっかり不運な目に遭わされてしまう者も出るかもしれないが、琢馬もそこまでは面倒を見きれない。

琢馬が連れてきた連中は、昔ちょっとした知り合いだった博徒《ばくと》である。武家崩れのごろつきで、金を渡せばすぐに博打《ばくち》と酒に費やすようなどうしようもない者たちだが、腕だけは立つ。

ごろつきどもに十分な金を握らせ、指図に従わせた。火牛党の縄張りだったこのあたりを適当に荒らし回る間、琢馬がすべて音頭を取った。

さして特別な策など授けてはいないが、それなりの腕っぷしの集団である。おもしろいほどたやすく、全戦、見事に勝った。頭《かしら》次第で、烏合《うごう》の衆でも猛禽《もうきん》の働きをなすらしい。

おかげで、ごろつきども上機嫌で、琢馬の指図をありがたがっている。本命であるこの境目賭場の襲撃も、まるで赤子の手をひねるかのようにうまくいっている。

「胴元《どうもと》を縛り上げろ！　殴っても蹴ってもいいが、殺すんじゃねえぞ！」

「へい！」

琢馬は拳を振り上げ、がなり立てた。一声上げるごとに、手下のごろつきどもが荒々しい鬨《とき》の声で合いの手を入れる。

「今日から俺、尾花琢馬が境目賭場の主《あるじ》だ！　俺ぁ、さる御方の密命を帯びてここにいる。とんでもねえお偉いさんが後ろについてんだぜ。逆らったらどうなるか、わかるだろう？　逃げてえやつは今のうちに失《う》せな。見逃してやるから、俺の名をせいぜい吹聴《ふいちよう》するがいい！　俺は境目賭場の主、尾花琢馬さまだ！」

襲撃に右往左往していた博徒の多くは、手傷を追いながら、這《ほ》う這《ほ》うの体《てい》で逃げていった。中には、仕込みをした役者が交じっている。浅草の境目賭場を、役人崩れの尾花琢馬が手中に収めた。その噂を確かに広めるためだ。

手下の一人が、声を落として琢馬に問うた。

「琢馬さん、火牛党絡みの一仕事が片づいたら、俺ら、本当にこの境目賭場を奪っていいんで？」

「勝手にしろ。俺は賭場なんぞほしくもねえ」

「太っ腹なことを言ってくれる。しかしまあ、お役人ってのも汚いねえ。あんたに境目賭場を奪ってこいなんて密命を出すってぇのは、要するに、火牛党の次に手駒にできる悪党を飼い慣らすためなんでしょう？」

琢馬は黙って煙管《キセル》をくわえた。気づいた手下が、さっと煙管に火をつける。

火牛党の次の手駒などとは、琢馬は一言も口にしていない。さる役所のお偉いさんが境目賭場をほしがっているので琢馬が秘密裏に遣わされている、とだけ説明した。

自分たちにとって都合のよいように、ごろつきどもは話をねじ曲げているようだ。役人から汚れ仕事を任される火牛党は、ごろつきどもの目に、よほど羽振りがよいように見えていたのだろう。次は自分たちがその座に収まるのだと、ほくそ笑んでいる。

もといた博徒たちは、取るものも取りあえず逃げ去った。金目のものが置き去りにされている。

琢馬は手下のごろつきどもに、何でも勝手に持っていけ、と許しを出した。ごろつきどもは喜色満面《きしょくまんめん》で銭を漁《あさ》り、金ぴかの煙管だの派手な羽織だのを物色し始めた。

ほどなくして、手筈どおりに駕籠がこちらへ向かっているという知らせを受けた。

「遠山の旦那の到着まで、四半刻《しはんとき》（約三十分）もかからねえってよ」

使いっ走りの役を担《にな》ったのは、鼠小僧こと次郎吉である。

この策に力を貸すにあたって、次郎吉は琢馬の前で鼠の面を外した。その顔には、琢馬も見覚えがあった。遠山がお忍びで山形藩《やまがたはん》の浜町屋敷に赴き、水心子正秀《すいしんしまさひで》による刀剣講義を開いた折、勇実に同行していた男だ。

今、次郎吉は見事な変装によって、年頃も顔つきもすっかり違って見える。扮《ふん》しているのは、深酒が過ぎるあまり顔色が土色になった博徒、といったところだ。賭場に出入りする伝令役にはうってつけである。

琢馬は嘆息した。

「遠山さまが、このとんでもない芝居に乗ってくださって助かった」

「まったくもってとんでもねえな。遠山の旦那って人は、型破りもいいところだ。幾人もの異国の大将と弁舌でもって渡り合ってきたとあって、江戸なんて狭い町に怖いものもないんじゃねえのかい？」

　大胆な芝居である。

　境目賭場の襲撃はご公儀のお偉いさんが裏で糸を引いており、そのお偉いさんというのは遠山何某《なにがし》とかいう男であるらしい、と次郎吉が浅草じゅうに噂を広めた。

　その噂は、遠山の耳にも勘定所の役人伝《づた》いに届き、くれぐれもご用心をと方々《ほうぼう》から忠告されたという。また、火盗改が勘定所の周囲を見張ってもいるそうだ。遠山自身は、何を問われても、知らぬ存ぜぬを通しているらしいが。

　ここまですれば、権左の耳にも届いているはずだ。あの大きな図体をどこに潜ませているのやら、ずいぶん上手に隠れているものだが、こたびの餌《えさ》には食いつくのではないか。その一縷《いちる》の望みに賭けて張った罠である。

　次郎吉は、すっかり琢馬の手下が乗っ取った境目賭場を見回して、呆れたように笑った。

「しかし、手際がいいもんだねえ。あんた、勘定所のお役人なんかじゃなく、奉行所や火盗改のほうが向いてんじゃないかい？　遊び人の格好で悪党どもを油断させて、とどめに捕り方をけしかけて、はいおしまいって寸法でさ」

「向いていようがいまいが、尾花家は勘定方の家柄なんでな」

「窮屈《きゅうくつ》そうだねえ」

「兄貴の忘れ形見の甥《おい》っ子が元服するまであと三年。少なくとも、それまでは俺が尾花家の嫡男だ。務めを果たさねえと、兄貴に顔向けできねえんだよ。本当は甥っ子がもっと大人になるまで俺が代わってやりたかったが……」

ふと、木戸のほうが騒がしくなった。新たに木戸番に据えた手下が荒っぽい言葉で誰何《すいか》するのを、朗々たる声が一喝《いっかつ》したのだ。

「控えよ！　儂は遠山であると言うておろう。尾花とここで落ち合う手筈となっておる。聞いておらんのか！」

鳥合の衆のごろつき風情《ふぜい》では、その迫力には到底、太刀打ちできない。

琢馬はつい笑ってしまいながら、木戸番のほうへ声を上げた。

「何やってんだ、お通ししろ！」

へい、と手下どもが返事をする。

漆塗《うるしぬ》りの装飾が施された引戸駕籠《ひきどかご》が、木戸をくぐってきた。駕籠の屋根には、遠山家の家紋である九字直違《くじすじかい》がくっきりと描かれている。

駕籠が下ろされると、琢馬はその傍らに膝をついた。

「遠山さま、お待ちしておりました」

中の男が引戸を開けて、にやりと笑った。

「遠山さまはよしてくんねえかい？　あんたがそう呼ぶ相手は、俺の親父だろ」

「さようですね、金四郎《きんしろう》さま」

「そのしゃべり方もやめな。知らねえ仲でもない。二十にもならねえ頃だが、何度か一緒に騒いだじゃねえか」

「ああ、覚えていてくれたか」

「あんたみてえな色っぽい男前、忘れようがねえよ。久しぶりだな。ますますいい男になりやがって」

遠山金四郎景元《かげもと》は駕籠を降りた。声こそ父の景晋にそっくりだが、体つきは父よりすらりとしている。年は三十二。琢馬の一つ年上だ。

本人の言うとおり、琢馬が実家を出て浅草で放蕩《ほうとう》暮らしを送っていたのと同じ頃、金四郎も似たような暮らしをしていた。

事情も似通っていた。出来のいい兄がおり、次男の自分はお役に就ける見込みもない。武家の暮らしは窮屈で、鬱憤《うっぷん》ばかりがたまっていく。琢馬と金四郎がつるんでいなかったのは、似た者同士なので、かえって些細《ささい》な違いが癇《かん》に障ってしまう気がしたからだった。

琢馬は結局、二十六の頃に兄が殺されるまで浅草で遊び暮らしていた。金四郎のほうは、二十一で妻を迎えたあたりから、だんだんとおとなしくなったようだ。今では、見習いの名目で城内の番方《ばんかた》の仕事にも出ていると聞く。

また、時折こうして父のために、影武者や隠密、用心棒などの役目を負ってもいるらしい。お忍びでふらりと出歩くのを好む父の陰で、金四郎が目を光らせて敵の手を阻んだのは、一度や二度ではなかったそうだ。

次郎吉の言《げん》を借りるなら、敵の目を欺《あざむ》いてはみずから切り込んで引導《いんどう》を渡す金四郎もまた、奉行所や火盗改に向いている。

金四郎は、狭い駕籠《かご》の中で強張《こわば》っていた体をほぐすべく、肩をぐるぐると回した。めくれた袖から桜の彫物がのぞいた。

「消してねえんだな、その彫物」

「気に入ってるんでね。しかし、あまり言いふらしてくれるなよ？ 見習いとはいえ、俺もお城勤めの身だからな」

昔の金四郎はもっと優男《やさおとこ》風だったが、今では、鼻筋や顎《あご》の骨がくっきりとした男くさい顔つきになっている。甘さが抜けて、より男前になった。

　琢馬は、駕籠を木戸の外から見えるところに運ばせると、金四郎を長屋の一室へ導いた。

　部屋に上がるや、金四郎はどかりと座って片膝を立てた。ごろつきどもが興味津々《しんしん》で、あるいは敵意すら剝き出しでじろじろ見てくるのも、意に介する様子はない。悠然として琢馬に笑いかける。

「俺を親父の代わりにして囮に使おうとは、大した策を考えつくもんだな」

「あんたの声を覚えてたんだよ、金四郎さん。初めて遠山さまに声を掛けていただいたとき、確かにどこかで聞いたことがある声だと感じて、不思議だったんだ。あれほどの朗々たる美声だ。そうそう巡り会えるものでもないはずなのに」

「ところがどっこい、記憶にあった遠山の声は、親父じゃなく放蕩《ほうとう》息子のほうだったというわけだ。だが、あんたの言うとおり、駕籠の中にこもって声だけ聞かせりゃ、親父の馴染みの料理茶屋や酒問屋の主たちも、俺を親父だと勘違いするんだよなあ」

　芝《しば》の愛宕下《あたごした》にある遠山家の上屋敷を駕籠で出た金四郎は、父が贔屓《ひいき》にしている店を巡り、料理や酒や菓子などを注文して回った。じきに手下に取りに来させるが、運ぶ先は浅草の新鳥越町二丁目と聖天町の相中《あいなか》にある境目賭場だ。そんなふうに、行き先も告げた。

遠山に扮した金四郎の動きを、きっと権左もつかむだろう。わざわざ派手に動き回っているこちらの意図を、挑発であると正しく解してくれればいい。手勢《てぜい》を引き連れて境目賭場に乗り込んでくるのを、琢馬は返り討ちにする算段だ。

権左は、遠山と琢馬さえ殺すことができれば、江戸を捨てて去るつもりでいる。

それは元旦の桃園亭で権左自身が言っていたことでもあるし、火牛党を操っていた末吉善次郎からも同じ話を聞いた。一年余り前の赤座屋騒動で火牛党が力を削がれ始めた頃から、権左は時折、江戸を離れることを示唆《しさ》していたという。

末吉はまた、権左の素性《すじょう》をつかんでもいた。鬼瓦《おにがわら》のようなあの顔を老けさせたら、某藩の勘定方そっくりになる。その勘定方は、もう少し若い頃は鹿島神《かしましん》流《りゅう》の使い手としても名を馳せていた。それとなく探ってみたら、出奔《しゅっぽん》した庶子《しょし》がいるとわかったそうだ。その庶子こそが権左だ。

ああ見えて、権左は琢馬とさほど年が違わないらしい。幼い頃は文武に秀《ひい》でていたようだ。だが、元服を迎える頃から屈折し始めた。どれほど己の力を磨いても、所詮《しよせん》は庶子である。何者にもなれないと悟ったのだ。

結局、権左は生まれ故郷の藩を出奔し、あちこち旅をして、鍛えた剣の腕で汚れ仕事をするようになった。そして五年余り前に江戸に流れ着いたらしかった。

金四郎は愉快そうに声を弾ませた。

「早く獲物が罠にかかりゃあいい。久しぶりの大舞台で、血が騒いでんだ。琢馬さんよ、あんた、本当におもしろいな。あんたみてえな命知らずは好きだぜ」

金四郎の笑顔は不思議なくらいに無邪気だ。

琢馬は、肩の力がほどよく抜けるのを感じた。

「ありがとよ。金四郎さんがいれば百人力だ。負ける気がしねえ」

「おう、おまえさんの仇討ちを見届けてやる。親父から任されてるんでな。宿願を果たし、恨みを晴らせ」

琢馬は去年のうちから、仇討ちをおこないたいと正式に願い出ていた。年末に権左の生死がわからなくなったときは仇討ちの件も宙に浮きかけたが、結局、改めて機会を得たというわけだ。

舞台はすでに整っていた。

六

それは深夜のことだった。

木戸をぶち破る音が、果たし合いの始まりを告げた。

むろん琢馬たちは眠ってなどいなかった。押し込んできた敵も、それは読めていただろう。井戸端に焚いた篝火が煌々《こうこう》として明るい。

先頭を切って現れたのは、権左だった。

「人の留守中に居座るとは、ふてえ野郎どもだな！」

琢馬は進み出た。

「そこは、お招きいただきありがとうと礼を言うところだろう？　てめえが尻尾を巻いて隠れていやがったんで、景気づけに派手な宴を開いて歓待してやることにしたんだよ」

「ほざけ！　尾花琢馬、てめえ、本性を現しやがったな」

「ああ、そうとも。こっちが俺の本性だ。遠慮をするのが苦手なたちでね。しかし、ずいぶん機嫌が悪いようだが、先日の傷がまだ痛むせいか？」

「ふざけんじゃねえ。こんなかすり傷ごときで、この俺が動けなくなるとでも思ったか？」

「それを聞いて安心した。せっかくの宴なんでな。手加減なしのどんちゃん騒ぎといこうじゃねえか！」

権左が連れているのは八人だ。敵の根城に攻め入るにしては、ずいぶんと少ない。

確かにこちらは烏合の衆だが、二十人からの手勢がいる。舐《な》められたものだ。それとも、みずから火牛党を壊滅させた権左のもとには、たった八人しか残らなかったのだろうか。

あるいは、捕り方が目を光らせる中を突破してくる間に、ここまで削られたのか。見れば、権左も顔に生傷がある。手勢の連中も無傷ではないようだ。

唾を吐いた権左は、荒々しく足を踏み鳴らした。

「よく回る口だな。望むところだ。ここでぶっ殺してやる！　おい、遠山はどこだ？　そのへんにいやがるんだろうが！」

九字直違の家紋が描かれた引戸駕籠を蹴倒《けたお》す。どっしりとした造りに見えたが、駕籠はあっけなく壊れた。

琢馬は肩をすくめ、長屋のほうへ目をやった。戸が開き、中から男が出てくる。

「遠山はここだ」

朗々たる美声で応じたのは、むろん遠山金四郎である。

権左は目を剝いた。

「倅《せがれ》のほうじゃねえか！　くそ、謀《たばか》りやがったな！」

琢馬は声を上げて笑ってやった。

「謀られないと思ってたんなら、てめえ、とんだお人好しだな」

「何だと？」

「さあ、捕り方どもが水を差しに来る前に、とっとと決着をつけるとしよう。兄貴の仇、討たせてもらうぞ！」

琢馬は愛刀を抜き放った。

篝火を映して、身幅の広い愛刀が赤々ときらめいている。戦国時代に打たれた剛刀、同田貫《どうだぬき》と極《きわ》められている武骨な一振《ひとふり》だ。

大鋒《おおきつさき》の勇壮な姿を目にすると、琢馬は、過剰な興奮がすっと鎮まるのを感じた。頭に上っていた血が正しく巡り流れだす。手足の隅々までも気が行き届く。闘志が静かに冴えわたっている。

今までの人生でいちばん研《と》ぎ澄まされた自分が、ここにいる。

権左が怒号を発した。

「何が仇討ちだ！　てめえの兄貴が俺の右目を奪いやがった。度《ど》しがたい罪だ。てめえは兄貴の罪を償《つぐな》うために俺の前にいるんだよ！　討ち取られるのはてめえのほうだ！」

ざわっ、と両陣営のごろつきどもがどよめいた。

金四郎が機先を制して声を上げた。

「頭《かしら》同士で決着をつけようってんだ。下っ端のてめえら、茶々を入れんじゃねえぞ！　まあ、手練れ同士の果たし合いに割って入れるほど腕の立つやつがいるとは、とても思えねえがな」

不快をあらわにしたのは権左だった。

「ああ？　てめえ、こいつが俺と対等にやれるとでも言いてえのか？」

琢馬は同田貫を正眼《せいがん》に構えた。

「よそ見をするな。俺を見くびるのは、刃《やいば》を交えてからにしてもらおうか」

「ほざけ！」

権左は一声吠えると、長大な刀を抜き、構えると同時に突っ込んできた。

大振りな斬撃。間合いは極めて広い。

琢馬の目はその太刀筋を完璧にとらえていた。

速いが、技が粗い。

琢馬は権左の一撃に合わせ、踏み込んでいく。渾身《こんしん》の力で刀を叩きつける。斬撃が筋道を変える。

次の瞬間、さらに踏み込んだ。権左の太い右腕をくぐって、右の脇へ。

眼帯をした右目の死角である。右の脇腹にぴたりとつくと、左の拳を叩き込む。

「ぐッ……」

権左が呻く。間合いを空けようとするのを許さず、権左の顎に頭突きを食らわせる。

と、反撃が来た。権左が琢馬を足蹴《あしげ》にした。龍治のときと同じだ。

とっさに体を縮めて直撃を避けたが、琢馬は吹っ飛ばされて膝をつく。腹を庇《かば》った左腕に激痛が走っている。

権左が血混じりの唾を吐いた。口の中を切ったらしく、歯が血まみれになっている。

「武士のくせに、汚《きたね》え戦い方をしやがる」

「てめえが言うか？　てめえの親父も勘定方のお偉いさんなんだってな。俺と同じというわけだ」

「……どこで知った？」

琢馬は刀を構え直した。

「戦いに汚えも美しいもねえんだよ。てめえは俺の兄貴を殺し、俺の友を傷つけた。てめえの罪は重い。俺は、何としてもてめえを倒す！」

琢馬はじりじりと間合いを詰める。痛むはずの左腕も、刀を握れば自在だった。

体が軽い。今なら何でもできる。

権左が雄叫びを上げ、刀を八双に振り上げる。

遅い。

いや、集中しきった琢馬が、まるで稲光のように速いだけだ。

権左の動きのすべてを、琢馬は目にとらえていた。権左の体は万全ではない。

踏み込むべき右足が、その太ももが、引《ひ》き攣《つ》れるように一瞬震えた。

ほんのわずかな隙。

それだけあれば十分だ。

琢馬は地を蹴ってまっすぐ突っ込んだ。刀を構えた体ごと、権左にぶつかっていった。

防御を考えない、二の手を残していない、渾身の刺突。

「これで……！」

凄まじい手応えとともに、権左の分厚い肩口に額がぶつかった。

愛刀は権左の胸を深く貫いていた。鍔《つば》が傷口にぶち当たるまで、深く。

権左はびくりと震えたきり、立ち尽くして動かない。

琢馬は刀を勢いよく引き抜いた。返り血を浴びた。刀が血に染まっている。

「俺の勝ちだ」

ようやく、権左の体が、ゆっくりと後ろざまに倒れた。

「見届けたぞ。仇討ち、見事だった！」

金四郎が、父そっくりの声で言った。その声をきっかけに、誰もが息を吹き返したかのようだった。手下のごろつきどももざわざわし始める。

琢馬は刀の血振りをした。

「こんなものなんだな」

自分の声が、妙に遠くから聞こえる。

「こんなものって？　仇討ちを果たした気分はどうだい？」

尋ねてきたのは、金四郎か、次郎吉か。

琢馬は目を閉じ、まぶたの裏の闇を見つめた。

「強《し》いて言えば、最悪な気分だ」

何の感慨もなかった。敵を討っても、兄が戻ってくるわけではない。改めて、胸にむなしさが広がっていく。

「ずいぶんと肝が据わってんだな。落ち着いてるように見えるぜ」

「醒めているだけだ。人ひとり斬ったら、取り乱すか、高ぶるか、震え上がるか、自分は一体どうなるんだろうと思っていたんだが、このとおりだよ。何もないな。人殺しという禁忌《きんき》を犯したことへの恐れも、強敵に打ち勝ったという誉《ほま》れも、仇討ちを果たした喜びも、何も感じられない」

「疲れてんのさ。気力を使い果たしたんだ。とりあえず、ちょっと休めよ。そしたら、何か変わるさ」

目を開ける。篝火がまぶしい。

刀を拭おうとした途端、左腕がうまく持ち上がらないことに気がついた。

「痛いな。蹴られたときに骨をやられたか」

他人事《ひとごと》のようにつぶやく。

権左が連れてきた手下連中は意気消沈していた。目端《めはし》の利く者は一目散に逃げだした。逃げ遅れた者は寄ってたかって襲われ、身動きを封じられた。

金四郎が供侍《ともざむらい》に命じ、権左の死を確かめさせている。亡骸の検分は、後ほど改めて、奉行所なり火盗改なりがおこなうことになるはずだ。

琢馬は刀を手にしたまま、そんな様子を眺めていた。

「尾花の旦那」

次郎吉に呼ばれ、のろのろとそちらを向く。次郎吉は、清潔そうな手ぬぐいを差し出していた。

「顔も刀も汚れちまったね。こいつで拭うといい」

ああ、と琢馬はうなずき、血を流す亡骸から目を背けた。

金四郎が、ぽんと手を打った。

「さて、皆、ここまでの仕事、ご苦労だったな！　じきに捕り方がこの境目賭場を押さえに来る。皆については、仇討ちと捕物の手助けをしてくれたってんで、こたびだけは見逃してやる。だから、さっさと失せな！」

　ええっ、と、琢馬が率いていたごろつきどもが、一斉に悲鳴を上げた。琢馬にまなざしが集まる。

　悲鳴はたちまち非難に変わるだろう。それを許すつもりは、琢馬にはない。

　琢馬はごろつきどもを一喝した。

「俺は一度たりとも、この賭場をてめえらにくれてやるとは言ってねえ！　俺が払ってやった駄賃《だちん》と、ここに押し込んだときに懐に入れた小金がありゃあ、しばらく遊んで暮らせるだろうが！　とっとと行きやがれ！」

　返り血に染まり、抜き身の刀を手にしたままの琢馬が、怒髪天《どはつてん》を衝《つ》く勢いで怒鳴ったのだ。

　ごろつきどもは、蜘蛛《くも》の子を散らすように逃げていった。

　次郎吉と金四郎が、異口同音に、ひどく優しい声音《こわね》で言った。

「お疲れさん」

　琢馬は、次郎吉から受け取った手ぬぐいで刀の血を拭った。後で念入りに手入れをすることにして、ひとまず刀を鞘に納める。

　血のにおいが自分にまとわりついている気がした。麝香の匂い袋を袂《たもと》から取り出し、鼻に押し当てる。だが、馴染んでいるはずの匂いを、うまく嗅ぎ分けることができない。

駆け去るごろつきどもとは別の足音が聞こえる。こちらを目指してくる大勢の足音は、奉行所か火盗改の捕り方たちだろう。

「終わったんだ」

琢馬は、己に言い聞かせるようにつぶやいた。

第三話　折《お》り枝《えだ》の花

一

薄明るくなってきた部屋に行灯がともされている。目を閉じたままの暗闇に比べると、何と明るいことだろう。

勇実はまばたきをした。

いつになく頭がすっきりしている。熱が引いたのかもしれない。

布団の中で両手を握ってみる。指は問題なく動く。肘《ひじ》も、ひどく重たいが、曲がる。足のほうはどうだろうか。くるぶし、膝。駄目だ。力がうまく入らない上に、あちこち痛い。

だが、痛みがあるのは、生きている証だ。

勇実はまた、まばたきをした。

ふと、すぐそばに人の気配があるのがわかった。温かく優しく柔らかい、慕わしい人の気配だ。

首を傾けてそちらを見ると、菊香は、あ、と小さな声をこぼした。

「勇実さま？」

名を呼んでくれる声に、勇実は目を細めた。

熱に浮かされ、目の前に靄《もや》がかかり、苦痛に呻いてばかりだったとき、いつもこの声が聞こえてきた。この世につなぎとめてくれる声だと感じていた。亡き母かと思うこともあったが、違ったのだ。

「本当に菊香さんだったんですね」

かすれ声でささやいた。痛むほどの喉の渇きに、思わず顔をしかめる。

菊香は一瞬、くしゃりと顔を歪めた。泣きだしそうな表情にも見えたし、笑顔かもしれなかった。だが、その表情はすぐに引っ込んだ。菊香は冷静な顔つきになって勇実に問うた。

「白湯がありますか。体を起こして、飲まれますか？」

うなずくと、菊香は慣れた様子で勇実を抱き起こした。勇実はほとんど力が入らず、されるがままである。腰や背中がぎしぎしと痛み、思わず息が詰まった。

菊香に差し出された湯呑《ゆのみ》を受け取ろうとしたが、手の震えはごまかせなかった。自分の腕なのに、重くて持ち上がらないのだ。めまいもあって、しゃんと座っているのが難しい。

「ご気分、優《す》れませんか？」

「少し、めまいが。すぐ治まるでしょう、このくらい」

「無理はなさらず」

目を閉じてめまいをやり過ごす間、菊香は当たり前の様子で勇実を支え続けている。まばたきをするたびに、菊香の唇が目の前に見えた。ずいぶん荒れて、かさかさになっている。

めまいが落ち着くと、菊香が湯呑を口元に寄せてくれるのに甘え、白湯を口に含んだ。

「むせないように気をつけてください」

言われたそばから、白湯を喉に引っかけそうになった。呑み込む、という当たり前のことを、体が忘れてしまったかのようだ。息が乱れると、喉がぜいぜいと鳴った。

菊香は勇実の背をさすった。

「まだ痰が絡んでいますね。熱も、すっかり引いたというわけではないようです。おつらいですね」

息も絶え絶えに、勇実はつぶやいた。

「まいったな。十何年ぶりだろう？　子供の頃は、風邪をひくたびに、こうなっていた」

「十四年ぶり、と珠代さまからうかがいました。勇実さまが十二の頃、喉をぜいぜい鳴らしながら何日も寝込んだ。それを最後に、体が大きくなるにつれて喉や肺も丈夫になったと、珠代さまがおっしゃっていました」

湯呑の白湯をもう一口飲むと、勇実は再び横になった。

上体を起こしているだけで息が切れ、頭が鈍く痛んで、どうにもつらかった。仰向けでいるのも息苦しいので、どうにかこうにか寝返りを打って、菊香のほうを向いて体を軽く折り曲げる。

菊香は掛布《かけぬの》を整えながら、勇実に告げた。

「夜が明ければ、正月九日の朝です。勇実さまは八日もの間、ほとんど眠っておられたのですよ」

「眠っていた？」

「正月一日にひどい傷を負って、すぐに熱が出ました。しかも、日頃の疲れから風邪をひいてこじらせ、喉や肺にも病が及んでしまったようです。藍斎先生が傷と病、両方を診てくださっています。傷のほうは治ってきているが、病はもう少し長引くかもしれない、とのことです」

深く息を吸おうとしても、背中もあばらも軋《きし》むように痛んで、うまくいかない。浅い息を口で繰り返している。

「そうか、肺患い……父も、風邪からの肺患いで、あっという間に亡くなりました。血筋ですね」

菊香は眉をひそめ、かぶりを振った。そんなことを言わないでほしい、という意味だろうか。

髪がほつれている。疲れた顔をしている。

なぜと問うまでもない。幾日もの間、熱の下がらない勇実につきっきりだったのだ。くたびれないはずがない。勇実は申し訳ない気持ちになった。

「勇実さま、お粥を召し上がりませんか？　まだ重湯のほうがいいでしょうか。熱のために夢うつつの間は、米粒をつぶして重湯にすれば、呑み込むことができていました」

空腹のはずなのに、何も感じない。だが、祈るように切実な目をして見つめてくる菊香に、勇実は見栄を張ってみせた。

「お粥をいただきます。今はすっきり目が覚めているので、呑み込めますよ。いくら寝坊助の私でも、そろそろ腹が減ってきているんです」

「わかりました。お粥をお持ちしてみますね」

菊香はさっと立って台所に向かった。

背を向ける間際、まばたきを繰り返す目から涙が落ちるのが見えた。

勇実は部屋を見渡した。薬包や、薬を煎じるための土瓶《どびん》が置かれている。枕元には、文箱《ふばこ》からあふれそうなほどたくさんの手紙と、見覚えのない女物の手ぬぐいがある。

ひどい格好をしているのが、自分でもわかった。髷が解《と》かれ、垢《あか》じみた髪が頬に張りついている。

はだけた襟元からは、縫い合わされた切り傷がのぞいている。勇実は着物の前をくつろげてみた。胸の傷は剝き出しだが、腹のほうは晒が巻かれている。血はにじんでおらず、洗いざらしの生成《きな》り色だ。

胸の傷の縫い目は細《こま》かく、かさぶたのまわりはすでに腫れが引いていた。恐る恐る触れてみると、覚悟したほどには痛くない。

今のところ、傷よりも痛みがひどいのは、首や背中や節々のほうだ。正月一日から九日の未明まで寝通しだったというから、体じゅうががちがちに強張っているのも道理だった。

長い長い夢を見ていた。

苦しい、痛い、つらい、と嘆いて悪夢に沈みそうになるたび、名を呼んでくれる声に救われた。その人の手にすがりついた。ひんやりとした手で額や頬、首筋に触れてもらうと、苦しみがすっと軽くなるようだった。

「あの声も手も、まさか本当に菊香さんだったとは」

都合のいい幻を見ているのだと思っていた。うつつの出来事だとは信じられなかったから、勇実は菊香の名を幾度も呼んで、助けてくれと訴えた。

台所で菊香とお吉が言葉を交わすのが聞こえてきた。ええっ、と驚いたお吉が大慌てでやって来る。

勇実は襟元を搔き合わせた。身だしなみも何もあったものではないが、せめてもの矜持《きょうじ》だ。

障子が勢いよく開いた。お吉が目を真ん丸に見開いている。

「坊《ぼっ》ちゃま！」

「ああ……おはよう、お吉」

お吉はへなへなとへたり込んだ。

「もう、もう、心配したんですからね。まったく、何てことでしょうね」

腰が抜けてしまったのか、お吉は這《は》って勇実のそばへやって来た。

「苦労を掛けてしまったようだな」

「本当ですよ。菊香さまと珠代さまには、どれだけ手を掛けていただいたことか。それに、道場の皆さんもずいぶん手伝ってくださってるんですからね。ありがたいことでございます。よくよくお礼を言わねばなりませんよ」

いきなりのお説教に苦笑しつつも、勇実は、菊香がいない間に訊いておきたいことがあった。手招きをしてお吉に顔を寄せてもらい、ぼそぼそと尋ねる。

「私が寝ている間、その、下の世話は誰が……」

ちょうど尿意を覚えていた。こういうことは、熱のせいで朦朧《もうろう》としていても、常と変わらないものらしい。

お吉はあっけらかんとして答えた。

「それはもちろん、このお吉がお世話しておりましたよ。ほかに誰がいると言うのです？　何しろ、坊ちゃまのおしめを取り替えていたのは、あたしでしたもの。懐《なつ》かしゅうございますこと。坊ちゃまときたら、なかなかおまるを使えるようになりませんでしたからねえ」

言葉を失う勇実に、お吉はころころと笑った。笑いながらも、優しげに丸い頰にほろりと涙が流れ落ちる。

「ああもう、年を取ると涙もろくなっていけませんねえ。ほっとした途端にこうなんですから」

お吉は両手で顔を覆ってしまった。ずいぶんと小さな、皺くちゃの手だ。

勇実は起き上がることができないまま、どうにか手を伸ばして、お吉の膝をとんとんと叩いた。

「ありがとう。もう大丈夫だ」

お吉にも自分にも言い聞かせるように、何度も繰り返した。

「あの子たちはどうしていますか？」

勇実がようやく菊香に尋ねることができたのは、夕餉の刻限になってからだった。

夜明け前に一度目を覚ますと、お吉を皮切りに、千紘、龍治、与一郎と珠代、離れで寝泊まりしている将太が勇実の顔を見に来た。できる限り体を起こして話をしていたら、だんだんとめまいがきつくなっていった。熱が再び上がってしまったらしい。

おかげで、筆子たちが勇実の様子を探りに来る朝五つ（午前八時）頃には、また寝入っていた。昼餉の頃や筆子たちの帰り際にも遠くで声がするのを聞いてはいたが、結局、うつらうつらしたままだった。

菊香は勇実が起き上がるのを手助けすると、問いに答えた。

「手習所のことでしたら、千紘さんと将太さんが力を合わせて守っています。将太さんがこちらにいられない日は、千紘さんが男の子と女の子、両方を見ています。千紘さんひとりの手に余るときは、龍治さまや、子供たちに懐かれている田《た》宮心之助《みやしんのすけ》さまや寅吉《とらきち》さんが助っ人に入っているようですよ」

脇息《きょうそく》に寄りかかると、菊香の手を借りずに体を起こしていられる。勇実はめまいに顔をしかめながら、文箱の手紙に目を落とした。

「女の子というのは……千紘が、自分の筆子を、矢島家の離れに呼んだということですか？」

「そうです。勇実さまが凶事に見舞われたと知って、親御さまたちも、女の子を男の子と同じ手習所へ通わせることを許してくださいました。もとより兄や弟のいる女の子たちばかりなので、筆子仲間となる男の子たちとも、すんなり馴染《なじ》んでくれたそうです」

「なるほど。しかし、頑固な千紘が、私の尻拭いのために、あれこれ変えることを肯《がえん》ずるとは」

「確かに千紘さん、初めはずいぶん戸惑っていました。今もまだ慣れず、疲れているように見えます。それに先日……いえ、このことは後でお話ししますね。まずは夕餉をどうぞ」

菊香が粥の椀を手に取った。体を起こすのもままならなかった朝に引き続き、匙《さじ》で食べさせてくれようとするのを、勇実は慌てて断った。

「このくらいは自分で。朝よりは、しゃんとしていますから」

「では、わたしはお椀を持っていますから、匙のほうはご自分でお願いします」

「面目《めんぼく》ない。こんなに世話になってしまって、本当に申し訳ありません。外はもう暗くなっているのでは？　帰りは貞次郎さんが迎えに来るのですか？」

「いいえ、夜はこのまま、おそばにいさせていただきます。夜半《やはん》に咳の発作が出やすくて、いつもおつらそうですから」

粥をすくおうとした匙が止まる。勇実が目顔《めがお》で問うと、ふと気づいた顔をした菊香は、少し笑って答えた。

「わたし、住み込みの奉公先を見つけたのです。今は矢島さまに雇っていただき、白瀧さまのお屋敷に住んで働かせていただいております」

「そ、それは……私のため、ですか？　いや、あの、つまり、病人の私の世話をするため？」

「はい」

「そんな、菊香さん、白瀧家に住み込んで働くなど、お嫌だったはずでは？　それなのになぜ、私などのために……」

手が震えてしまった。匙が指をすり抜け、粥の椀に落ちる。

今になって勇実は、菊香と言葉を交わさなかった二か月間を思い出した。しくしくと痛む胸に耐えかねていた二か月間を。

菊香は勇実の目を見つめ、静かに言った。

「私など、とはおっしゃらないでください。己を卑下するような言葉を口にすべきではないのでしょう？　勇実さまがわたしにそう言っておられたのですよ」

勇実は顔を背け、手で口元を覆った。無精髭が伸びていることには、とっくに気づいていた。髷も結わず、整えていない月代もひどいものだろう。それが急に恥ずかしくなった。

　菊香が粥の椀を盆に置いた。勇実の顔をのぞき込もうとする。

「どうなさいました？　吐き気がしますか？」

「そうではないんです。ただ、いつにも増してみっともない姿をさらしてしまって……もう幾日も、こんなありさまで……」

　菊香がふわりと微笑む気配があった。

「勇実さまが起きられるようになりましたから、明日は珠代さまにお願いして、髭をあたったり髪を結ったりしていただきましょうか。もう少し体の具合がよくなってきたら、筆子の皆さんのお見舞いにも応じられてください」

「……ええ。そうですね」

「髪を下ろした姿で目を覚まさず、みっともない格好をさらしてしまったのは、お互いさまではありませんか。わたしが初めてこのお屋敷にお邪魔したのは、大川に落ちて濡れ鼠になり、勇実さまたちに救っていただいた折でしたから」

「全然違いますよ。ずぶ濡れでも、髪を結っていなくても、菊香さんは決して、みっともない格好などではありませんでした」

儚い姿だと思った。生気の抜けたあのときの菊香は、壊れ物のように繊細だった。可憐《かれん》で美しかった。どことなく、亡き母を思い出させる姿でもあった。

あのときから勇実は菊香に心を動かされていたのだ。その想いの正体に気づいたのは、もっと後になってからだったが。

「勇実さま」

名を呼ばれ、引き寄せられるように、勇実は菊香に目を向けた。菊香は勇実を見つめていた。長いまつげに縁取《ふちど》られた目は、柔らかく微笑んでいる。

くちなしの香りがしない、と唐突に気がついた。菊香の着物に焚き染めてあるはずの香りだ。

それもそのはずだった。菊香が羽織っている、そっけない色合いの綿入れは、勇実が少年の頃に着ていたものだ。しまい込んでいたのを、千紘かお吉が出してきたのだろうか。

菊香がこの屋敷に住んでいるのだ。それをありありと実感した。

胸がどきりと高鳴った。その大きな音がしたあたりから、とめどなく、温かいものが体じゅうに広がっていく。

思わず、ああ、と嘆息した。

勇実の着物を菊香が身につけている。菊香の身から実家の匂いが消えてしまった。みっともないはずの勇実の姿を厭《いと》うこともなく、菊香がまっすぐに勇実を見つめてくれている。

頭も心も掻き乱されて、また熱が上がってしまいそうだった。

「なぜですか？　菊香さんは、私を嫌っているのでは？」

「そんなことありません」

「ですが、怒っていたでしょう？　私が考えなしに菊香さんの誇りを傷つけるようなことを言ってしまったから」

菊香はかぶりを振った。真剣なまなざしで、勇実に告げた。

「ごめんなさい。あのときはただ、恥ずべきことに、勇実さまを傷つけてみたかっただけでした。ひどいことを言ってしまったのは、わたしのほうです。謝るべきは、わたしなのです」

「いや、しかし、私の不用意な言葉が菊香さんを傷つけたこともまた、真実でしょう？　菊香さんは変わっていきたいと望んでいるのに、私はそれを引き留めようとした。何さまのつもりだったんでしょうね。あのときは、本当に申し訳ないことを言ってしまいました」

頭を下げようとして、体がうまく利かないことを思い出した。がくん、と脇息から肘が落ち、布団に倒れ込んでしまう。何をしたわけでもないのに、いつの間にか息が切れていた。

菊香は優しい手つきで、勇実の頬にかかった髪を掻き分けた。

「互いに謝るばかりで、話が進みませんね」

菊香の指先が触れた頰が、かっと熱を持つ。

「私は、菊香さんにならば、どれだけ傷つけられてもかまわないのですが」

「おかしなことをおっしゃらないで。そんなことを言いたいんじゃありません。あなたを責めたいわけではない。勇実さま、わたしを赦《ゆる》していただけませんか？」

「赦す、とは？」

「大晦日の晩や湯島へ向かう道中、目も合わせていただけませんでした。それがつらかった。勇実さまと仲違いをしてしまうのはつらいと、心から感じたのです。だから、もう赦していただけませんか？」

「あの、赦すも何も、私は……私のほうこそ、菊香さんに赦してもらわねばならない立場です。私は、あまりに気まずくて目を合わせることができなかっただけで、怒ったり咎めたりなどするつもりはなかったんです」

「では、こうしてまたお話ししてもいいでしょうか？　わたし、勇実さまと言葉を交わすのが楽しいのです。勇実さまとお話しすることが好きなのです」

「菊香さん……」

「仲直りをさせてください。勇実さま、わたしと言葉を交わすことを、どうか続けていただけませんか？」

胸がいっぱいになる。かなわないな、と感じた。

「菊香さんは本当に潔《いさぎよ》い。相変わらず、私よりもずっと格好がいいんですね。私は向き合いもせずに逃げてばかりいたのに、こんなふうに、きっぱりと言葉にできるなんて」

「いいえ。わたしだって、うじうじと悩み続けていました。ですが、もう二度と勇実さまと言葉を交わせないかもしれない、という恐ろしさを味わってしまったのです。話したいならば、話せるうちに言葉にすべきだと思い知りました。だから、仲直りをさせてください。お願いします」

いつの間にか菊香は、横たわる勇実の顔をのぞき込むように、布団に手をついて身を乗り出している。勇実の上に、菊香の影が落ちている。

体が利かない今でよかった、と勇実は思った。そうでなければ、菊香の腕をつかみ、肩を引き寄せ、抱きしめてしまったに違いない。

勇実は精いっぱい微笑んだ。

「仲直りをしましょう。私のほうこそ、お願いします。菊香さんに嫌われてしまったと思って、本当につらかったんです。まだこんな病人のようなありさまですが、少しずつ起きて話せるようになるつもりです。言葉を交わしましょう」

菊香は目に涙をためながら、微笑んでうなずいた。きらきらした目が美しかった。

「ありがとうございます。たくさんお話ししましょう、勇実さま」

勇実の名を呼ぶときの菊香の声が好きだ。改めてそう感じたとき、ふと思い出したことがあった。

元旦の桃園亭で権左と対峙《たいじ》した前後の出来事は、ぼんやりとしか覚えていない。だが、唯一はっきりと記憶に刻まれているのが、菊香の声だった。

「あのとき、襲撃に気がついたのは、菊香さんが私に知らせてくれたからだ。名を呼んで、逃げてと叫んでくれたでしょう？」

菊香が目を見張った。

「聞こえていましたか」

「もちろんです。菊香さんがいなかったら、どうなっていたことか。命を救ってもらいました。本当にありがとうございます」

「よかった……」

菊香の泣き笑いの顔が、くしゃりと崩れた。温かい涙が勇実の上に落ちてきた。

二

目を覚ました日を含む三日の間、勇実は、熱が上がったり下がったりを繰り返していた。

それでも、具合のよいときを見計らって、珠代の手で髭をあたって月代を剃《そ》ってもらい、将太の手を借りて体を拭いたりした。

ほとんど飲み食いせず、布団を離れることもなかった間に、びっくりするほど体が萎《な》えてしまった。立って歩くのが途方もなく大変だ。龍治や与一郎、将太の肩を借りて厠に行くのも、我ながら危なっかしくて仕方がない。

自力で起き上がれるようになったのが一月十二日で、そこでようやく珠代に髷を結ってもらった。

道場では、剣術稽古で髪がぐちゃぐちゃになる者も少なくない。そんなとき、髷を結い直してやるのは、珠代や矢島家の女中のお光《みつ》だ。二人とも、髪結いの腕前は玄人《くろうと》はだしである。

しかし、龍治は元服以来、頑《がん》として母親に髪をいじらせなくなった。それにつられて、勇実も別の髪結いに頼むようになっていた。珠代に髪を任せるのはずいぶん久しぶりだ。

「やつれたわねえ。骨と皮ばかりになっているじゃないの。しっかり養生して、目方をもとに戻さなきゃ駄目よ。もともと痩せ気味だったんだから」

「はい。ご心配をおかけしました」

「本当だわ。この十何日かで白髪が増えたわよ。ねえ、菊香さん」

珠代の隣で手伝いをする菊香は、くすりと笑った。

鬢付《びんつ》け油を髪になじませ、ぴんと引っ張って、根元をこよりで結わえる。髷尻を二つに折り曲げ、こよりで固定して、毛先を切り揃えたら出来上がりだ。

珠代は手順を菊香に説明しながら、手早く勇実の髪を結った。ついでに勇実の肩を揉みほぐす。珠代は菊香に言った。

「次は菊香さんが結ってみたらいいわ。手先が器用だし、できるでしょう。何度か試すうちに、案外、さまになるものよ」

「勇実さまでお試ししてしまって、よろしいのでしょうか？」

「まだ病人ですもの。ほいほいと外に出られる様子ではないし、ちょうどいいのではないかしら。ねえ、勇実さん」

勇実はそっと笑った。首筋がくすぐったい気がするのは、そのあたりに菊香のまなざしを感じるからだ。

「私でよければ、いくらでも稽古に使ってください」

「では、遠慮なく」

菊香の静かな声にも、柔らかな笑みが混じっているのがわかった。

勇実が目を覚ますまでの間にいろんなことが起こったのだと、つい昨日、すべて聞かされた。大きな出来事は二つあった。

百登枝が亡くなったこと。弔いを終えても、千紘はまだふとした弾みで涙を流しているようだ。悲しみが癒えるまでに、しばらく時が必要だろう。

琢馬が権左を討ったこと。数々の悪事をなし、あまつさえ勘定奉行の命を二度も脅《おびや》かした凶賊を見事に仕留めたというので、お城でも評判になっているらしい。

百登枝の訃報《ふほう》には、勇実も呆然としてしまった。百登枝にはずいぶん世話になってきたのだ。

漢籍を中心とした写本の仕事をもらえたのも、百登枝がつないでくれた縁だった。唐土の英雄物語について語りだせば、百登枝も勇実に引けを取らないくらい熱くなっていた。

結局、去年の晩秋に菊の花見の茶会で話したのが最後になってしまった。冬に入ってからは、百登枝は見舞いをほとんど断るようになっていたのだ。千紘だけは例外で、百登枝に望まれて、時折話しに行っていた。

千紘はまだ勇実の部屋に入ろうとしない。やつれたこの姿を見るのが怖いのだと、勇実にもわかる。父や百登枝のことを思い返してしまうのだ。千紘が目に涙をためるたびに龍治が黙って寄り添っていると、将太から聞かされた。

勇実には、千紘を咎めるつもりなどない。今の千紘はいっぱいいっぱいだ。手習所をどうにか回していかねばならないと、日々懸命にやっている。そのほかのこと、たとえば勇実の看病などに注ぎ込めるような余裕は、今の千紘にはない。

それでいいのかもしれない、と勇実は思う。きっと、道が分かれたのだ。

いまだ十分に動けない勇実の隣には、お節介焼きの妹ではなく、ずっと想いを寄せていた人が寄り添ってくれている。

菊香さん、ありがとうございます、と、この数日で何度繰り返しただろうか。どれほど感謝しても足りない。思うに任せなくて手を借りるたびに、心苦しさと嬉しさで胸が苦しくなる。

うぬぼれてしまいそうにもなる。

菊香が厭うことなく勇実の身に触れてくれる。肌にさえ、じかに触れてくれることがある。

もちろんこれは、病人に対する慈《いつく》しみだ。ただ看病のために、やむを得ず、こんな接し方をしてくれているだけなのだ。

そう自分に言い聞かせてみても、駄目だ。

あなたのことがいとおしい。

その一言が口をついて出そうになる。

肩や首筋を揉みほぐす珠代の手が、勇実から離れていった。

「自分でも肩を回したり筋を伸ばしたりしなさいよ。足腰もね。寝込んでいる間に、すっかり弱ってしまったでしょう。横になりっぱなし、座りっぱなしで同じ格好をし続けるのはよくないわ。ときどき立ち上がって、膝の曲げ伸ばしをしたり、少し歩いたりすること」

「はい、わかりました」

「今日は夕刻に琢馬さんが訪ねてくるんでしょう？　具合は大丈夫なのね？」

「ええ。筆子たちの相手をする元気はまだありませんが、琢馬さんとは早く話をしたいんです。あれから権左の件がどうなったのか、じかに聞かせてほしいので。琢馬さんも無理をしているかもしれない。心配なんです」

勇実が起きられない間に託されていた琢馬の手紙は、妙に淡々としていた。憎んでいた相手とはいえ、人の命を奪うことになったのだ。冷静ではいられないだろう、という気がしている。

「心配よね。でも、あまり気負わずにいなさいよ。よくあることとまでは言わないけれど、武士というのは刀を持つ身ですからね。事情が折り重なって、人を手に掛けることだって起こりうる」

勇実はうなずいた。

矢島道場では、たびたび捕物の加勢をしている。娘の頃から与一郎たちと関わっている珠代も、命のやり取りを間近に感じたことが幾度もあるのだ。

何とはなしに、皆、黙ってしまった。

勇実は話題を変えた。

「そういえば、やりかけの写本はどうしていたっけ。手習所に置きっぱなしにしていた気がするんですが、机の並べ方を変えたんですよね？　しかも将太が言うには、毎日、男の子と女の子の間で戦が起こっているそうなんですが」

菊香が応じた。

「離れに置いてあった、お仕事のひと揃えのことですよね」

「はい。私が写しているぶんはともかく、原本を傷めてはいないかと気掛かりで」

「原本というのは、お客さまから預かったぶんの古書のことでしょうか」

「ああ、そうです。貴重な預かり物が多いんですよ」

「それでしたら、将太さんが離れで寝泊まりすることになったのを機に、元日のうちに、こちらへ移しておきました。原本も写本もそのままの形で運んできたので、順番が入れ替わったりなどもしていないはずです」

「かたじけない。そうか、こちらにあるんですね。だったら、少し進めておこうかな。今日は一月十二日ですよね。年明けの初旬には写本を仕上げると約束していたのに、すっかり期日を過ぎてしまったな。できるだけ早く納めなければ」

菊香と珠代が顔を見合わせた。菊香は困ったような笑みを浮かべ、珠代はやれやれと頭を振る。

「まだ箸《はし》を持つにも指がおぼつかないとおっしゃいながら、筆は持つおつもりなのですね」

「まったくだわ。菊香さん、この子があまり根《こん》を詰めないよう、見張っていてちょうだい」

「心得ました」

この子、などと珠代に言われるのは、いつ以来だろうか。声変わりもしていなかった頃はともかく、元服してからはめっきり聞かなくなっていた。

病みついて動けなかった間、珠代は勇実の少年時代を思い出していたのだろうか。

それとも、菊香の前だからか。今は亡き実母の代わりに、珠代が育ての母として振る舞ってくれているのか。

幸せな勘違いをしそうになって、勇実はこっそり、かぶりを振った。

菊香は住み込みで働いているだけだ。それも、勇実が臥《ふ》せっている間に限ってのこと。勇実がすっかり快復し、床上《とこあ》げすることができれば、菊香が白瀧家に留まる理由もなくなる。

そうだ。菊香は決して、この家に嫁いできたわけではないというのに。

ことあるごとに浮ついた気持ちになりかけるのを、勇実は胸の奥に押し留めた。

前もって告げてあったとおり、琢馬は、日暮れの頃になって白瀧家を訪れた。

勇実は体を拭いてもらってさっぱりし、寝巻ではない小袖に着替えた。寝床のある部屋ではなく、庭に面した座敷で、いつものように琢馬を迎えた。

「ご心配をおかけしました。このとおり、起きられるようになりましたよ」

勇実は、なるたけ元気な声を出そうと試みた。だが、琢馬の笑みには痛々しそうな色がにじんだ。

「痩せてしまいましたね。十日ほどのことだというのに。傷も大事なく？」

「ええ、傷はきちんとふさがってきました。痛まないとは言いませんが、それよりも、寝ついていたせいで背中や腰が痛むのがつらいんですよ。熱が引かなかったのも、風邪をこじらせたせいでしたし。日頃の不養生《ふようじょう》がたたったんです」

だからあまり気に病まないでほしい、と暗に告げた。

遠山からは丁寧な詫《わ》びの手紙が二通届いていた。勘定奉行としてのものと、遠山景晋という一人の男としてのものだ。堅苦しさを排した遠山個人からの手紙には、あの日の話の続きをしたいと書かれていた。

あの日、腹を割って話してもらうぞ、と前置きをされたところまではしっかり覚えている。

そこから問答が始まったのだ。勇実は今まで、唐土の史書をどういった形で、どの程度の分量読んできたのか。そういう問いだった。それに対してどこまで答えたか、あいまいだ。

ふと、琢馬が表情を変えた。大きくため息をついたと思うと、お面を外すように、品のよい笑みを消したのだ。疲れて陰った表情は、いつになく素直だった。言葉遣いも崩れていた。

「くたびれたよ。話は聞いているんだろう?」

「権左を……兄上の仇を討った、という件ですか」

「勘定奉行を二度も襲った凶賊を倒した、という大手柄でもある。奉行所や火盗改にも成せなかったことを独自にやり遂げた。それが見事だというので、勘定所は俺の出世を決めたらしい。俺を屋敷から追い出した親父からも、敵対していたはずの連中からも妙にちやほやされて、気味が悪い」

「出世は喜ばしいことなのでは？」

琢馬はかぶりを振った。

「こたびのことで、ほとほと嫌になった。あと三年で甥っ子が元服する。そうしたら、俺は嫡男の座を譲って、好き勝手にやりたい」

やはりそれが琢馬の本音なのだ。

出会ってからの数年、そつのない役人として振る舞ってみせながら、琢馬はときどき奔放《ほんぽう》な本音をちらつかせることがあった。若い時分の遊び人暮らしには倦《う》んでいたようだが、役所勤めを経て年を重ねた今、ようやく自分の心のありかを見出したのかもしれない。

「おかしな言い方をしますが、今の琢馬さん、憑《つ》き物《もの》が落ちたような顔をしていますよ」

「確かにおかしな話だ。斬った相手が憑いてるってんならともかく」

「よしてください。洒落にもなりません」

　琢馬は、唇の片端を持ち上げて笑った。

「もっと友達みたいな言葉でしゃべってくれないかな？　勇実さんとの仲は、友達がいい」

　勇実は苦笑した。

「私のほうは、とっくに友達のつもりでいたんだけどな」

「すまん。俺は今、変なところにこだわっちまってるな。いや、今日も遠山さまの使いっ走りで来たから、役人らしい格好、役人らしい言葉遣いでいなきゃいけないのに、どうもなあ……」

「表に出たら役人でも、友の屋敷を訪ねている間は、肩の力を抜いてもいいじゃないか。憑き物が落ちたような顔というのは、そういうことだよ」

　琢馬は左の前腕《ぜんわん》をさすった。袖口から晒がのぞき、かすかに膏薬《こうやく》のにおいがした。

「だったら、落ちた憑き物ってのは、兄貴かもしれない。兄貴が、やっと俺のところから解き放たれたんだ」

「解き放たれた、というのは？」

「俺が兄貴にしがみついていたんだ。誰に対しても物腰が柔らかかった兄貴の真似をして、馬鹿丁寧な言葉を使うようにした。兄貴の着物を身につけて、姿も近づけた。それにも意味があったんだ。俺が兄貴に似ていたおかげで、権左は俺が兄貴の弟だと気づいた。だから、俺は権左を討つことができた」

琢馬は、震えだした唇を噛み締めた。我慢ならない様子で髪を掻きむしる。髷が乱れ、こぼれ髪が一筋、頬にかかった。

「夢に見たりするのか？　兄上のこと」

「いや、近頃は夢そのものを見ない」

「眠れている？」

「呆れるぐらい、ぐっすり眠れているよ。日々、何の心配もない。勘定所で働くのはあと三年、と割り切ってしまえば、魑魅魍魎の巣窟《そうくつ》もどうってことないしな」

勇実は首をかしげた。

「では、仮に私が勘定所への引き抜きの話に応じたとしても、琢馬さんと仕事仲間でいられるのは、さほど長くないということか」

「応じるつもりもないくせに。遠山さまにも、断りを入れようとしていたんだろ？」

「そうだなあ」

「だが、遠山さまは勇実さんを手放すつもりはないぞ。せっかく見つけた逸材《いつざい》だ。どうにかして、その才を活かして世の中のために役立ててほしいと考えてる」

「買いかぶりだ」

琢馬は居住まいを正すと、懐から、きちんと袱紗《ふくさ》に包まれた手紙を取り出した。中身を勇実に差し出す。

「遠山さまから勇実さんへ。やっと目を覚ましたと聞いて、新たにこちらをしたためられた」

「見舞いの手紙なら、二通もいただいていたが」

「それはどっちも詫びの手紙だったただろう。この手紙は、これからのことについてだとさ。体が戻ってからでいいが、考えてみてほしい話がある、と」

ちょうどそのとき、菊香が茶を持ってきた。きれいな仕草で茶を出すのを、琢馬は珍しそうに見た。

「千紘さんじゃないのか？」

菊香は微笑んだ。

「今はわたしが白瀧さまの家の仕事をお手伝いしていますので。千紘さんはお隣の離れで、将太さんと一緒に、手習いの方策をあれこれ練っているところですよ」

「男の子と女の子を同じ手習所に通わせるようにしたとか」

「はい。間に衝立を設けているのが、かえってまずいのかもしれないと言っていました。境をなくしてしまえば、お互いの学ぶ姿や教本を見ることができる。互いのことを知ることにつながって、尊重し合えるのではないか、と」

菊香は話の邪魔をせず、さっと座敷を辞した。

琢馬は茶をすすると、ぽつりぽつりと、権左をおびき出して討ち取った経緯を話しだした。

勇実はあいづちを打ちながら、琢馬の話を聞いた。

何でもぶちまけてしまえばよい、と思った。話をすることで、来《こ》し方《かた》の整理がつく。言葉にして発することで、胸中の澱《おり》がいくらか軽くなる。

琢馬も、もう抱え込んでいられなくなったのだろう。仇討ちのことを話し終えても、口を閉ざさず、吐き出し続けた。少年の頃の兄への引け目、遊び人になって膨れ上がった葛藤《かっとう》、兄を守れなかったことへの後悔、役人としての日々の居心地の悪さ。尽きない苦悩を片っ端から言葉にした。

結局、真っ暗になって屋敷の者が駕籠で呼びに来るまで、琢馬はあれこれ話し続けていた。勇実は、またいつでも聞くと言って、琢馬を見送った。

夕餉の雑炊《ぞうすい》は、それなりに食べることができた。茶碗を持つ手がやたら重いとは、そろそろ感じなくなってきた。明日は写本の仕事を少しやってみようか、という気にもなっている。

勇実は行灯のもとで遠山からの手紙を開いた。読み進めるにつれ、ついつい、えっと声を上げてしまった。

寝る前に飲む薬をちょうど持ってきた菊香が、勇実の様子に小首をかしげた。

「遠山さまからのお手紙ですよね？」

「そうです。元旦に途中までうかがっていた話の続きらしいんですが、ちょっと、驚いてしまって」

勇実は菊香にも見えるよう、手紙を広げてみせた。

「わたしもうかがっていいのですか？」

「お願いします。一人では驚きを抱えきれないので」

菊香が要点をつかみやすいよう、勇実は文中の言葉を指差してみせた。その指が震えてしまうのは、驚きと喜びが大きすぎるせいだ。

「昌平坂学問所……教導の任、ですか？」

勇実はうなずいた。

「遠山さまは、私を勘定所ではなく、昌平坂学問所で使いたいとお考えだそうです。そちらの仕事にこそ向いているだろう、と。教導とは名ばかりの、書庫の整理や教授の助手といった仕事にはなる、とありますが、それでも、あの昌平坂学問所で働く任に推していただけるとは」

「おめでとうございます」

勇実は、まだどきどきと鼓動《こどう》が走っている胸を押さえた。

「元旦のあの席で、学問所への憧れと引け目がある、という話をしたんですよ。儒者を目指すつもりはなかったから、学問所に入りたいとは思っていなかった。でも、学問所にどんな書物が収められているのか、本当は気になって仕方がない。そういうことをお話ししたんです」

「では、やはり学問所でのお勤めというのは、勇実さまにとって、願ったり叶ったりのお役なのですね」

「はい。でもその一方で、今面倒を見ている筆子たちのことが気になってしまうんです」

「そうでしょうね。千紘さんと将太さんが奮闘してはいますけれど」

「二人ともよくやってくれていますよ。手習いの師匠としての日が浅いだけで、筆子と向き合うことに関しては、ずぼらな私よりむしろ才があると思うんです。

うん、そうだ。たいていの筆子たちのことは、あの二人に任せられる。ただ、白太と鞠千代《まりちよ》は事情が特別だから、どうしたものか」

「特別、とは？」

「白太は絵がずばぬけて得意な一方で、文字を覚えることや言葉を発することが少し苦手なので、よその手習所でうまくいかなかったらしいんです。でも、私のもとでは、手習所にもほかの筆子たちにも馴染んでくれた」

菊香がうなずくのを見て、勇実は一息入れて続けた。

「鞠千代は秀才です。それこそ昌平坂学問所に入れてやりたいというお母上のたっての願いで、遠く離れた麹町《こうじまち》から本所の私のもとへ通ってきています。白太と鞠千代、この二人だけは、ほかでもない私が見てやらねばと考えているんですが」

思案げな顔で聞いていた菊香は、筆子たちからの手紙を収めた文箱を開けた。

「勇実さま、こちらの手紙、すべて目を通されました？」

「いえ、まだです。手紙の類は、急ぎの仕事のぶんを読んだだけで」

「前に千紘さんからうかがったことがあるんですが、琢馬さまから初めて勘定所への引き抜きの話をもらったとき、勇実さまは白太さんの学びについて述べて、今はまだ手習所を離れられないとおっしゃったそうですね」

勇実は目を見張った。忘れていたわけではない。だが、菊香に指摘されるとは思ってもいないことだったので、どきりとした。

「確かに、そんな話をしました。白太はあの頃、十一でしたが、ひらがなに苦労していたんです。左右逆に書いてしまうことも多く、学び方を試行錯誤しているところでした」

白太が好きな虫や草花に紐づければ、楽しく学べるし、覚えも早い。それに気づいたのは、もう少し後になってからだった。一度こつをつかむと、白太の学びは急速に進むようになった。

菊香は、文箱の中から筆子たちの手紙を取り出した。

「ご覧になってください。皆、勇実さまのために、一生懸命に手紙を書いたそうですよ。届けに来てくれた折に、勇実先生の枕元で読んで聞かせてあげてと頼まれて、すべての手紙を読ませてもらいました」

「読んでくれていたのですか？　私が眠ってばかりだったときに？」

「はい。ですから、筆子さんたちの手紙の中身はすべて知っています。中でも、鞠千代さんと白太さんの手紙に驚かされました。鞠千代さんは神童と呼ばれるほどの秀才ですから、大人顔負けの手紙を書くのも当然かもしれませんが」

「白太の手紙も、ですか？」

「ご自分で確かめられてください。驚かされたのがその二人の手紙だったというだけで、どの筆子さんが書いた手紙も宝物のように素敵ですから」

勇実は手紙の束を手に取った。一人ひとり、癖のある字を見れば、差出人が誰なのか、名を見るまでもなくわかる。

字は幼いものの、書式のきちんとした鞠千代の手紙。白太に習って描いたという勇実の似顔絵がなかなか上手な十蔵《じゅうぞう》の手紙。久助と良彦は、一枚の紙に二人で書き込んで、二人ともが気に入っているという飴《あめ》を添えてくれている。

元気になって、という願いのこもった手紙を読んでいると、目頭が熱くなり、鼻の奥がつんとした。

「心配をかけてしまったな。それにしても、皆、ずいぶんしっかりしたなあ。みずみずしい名文を書くものだ」

そして勇実は、菊香が驚いたという白太の手紙を見つけた。

拝啓、から始まる手紙だった。時候のあいさつには、梅のつぼみの膨らみ具合が、細やかな絵を添えて記されている。勇実の名を漢字で書いている。少しいびつなひらがなも、左右が逆になったものはない。

読み進めるにつれ、勇実は身が引き締まるような心地になった。

「幼くて頼りないとばかり思っていたのに、これほどしっかりした文を書けるようになっているとは。手紙の書式、誰に習ったんだろう？」

「勇実さまは教えてらっしゃらないのですか？」

「私ではありません。白太にはまだ早いと考えていました。でも、もうこんなに書けるなんて。誰よりも長い手紙だ。字も丁寧で、間違いが一つもない。どれほど時をかけて書いてくれたんだろう？」

菊香は長いまつげを伏せて、じっと白太の手紙を見つめている。

「白太さんは、今年で十四になったところですよね？」

「はい。いくらか小柄ではありますが、十四です」

「わたし、十四でこんなに見事に絵を描く人を知りません。梅のつぼみの様子を伝える文だってそうです。目のつけどころも言い回しも、もはや素人ではありませんよ。本当に白太さん、学びが遅れていたのですか？」

「この三年ほどでいちばん伸びたのは、白太です。絵でも言葉でも、自分の目に映るものをありのままに表現できるようになった。そうしてみたら、天井知らずの才の持ち主だと、誰もが認めるほどになってきたんです」

「そうなるまでに白太さんの力を伸ばしたのは、勇実さまでしょう」

勇実はかぶりを振った。白太の力も才も、白太自身が根気強く伸ばしてきたものだ。勇実が何か大層なことをしてやったからだなどとは、とても思えない。

「白太は版木屋《はんぎや》の子なので、もともと、いろんな文を見てきているんです。もしかすると、絵と同じで、文もさらに自在に書けるようになれば、白太がどれほど美しい世界を見ているのか、より多くの人に伝えられるのかもしれない。白太は、私には及びもつかないくらい、どんどん羽ばたいていけるのかもしれない」

「楽しみですね」

勇実はうなずいた。白太の手紙をもう一度読み返し、何度もうなずいた。どん、と力強く背中を押されたように感じた。

心が決まった。

「遠山さまの手紙に返事をします。昌平坂学問所の件、お受けしようと思うんです。琢馬さんとの間にあった約束、白太の学びを見守るという約束は、私が果たすべきところはすでに果たせたようですから」

あとは、千紘と将太を信じて委《ゆだ》ねてしまおうと決心した。この十日ほどの間、任せてきたのだ。二人が頼りないなどとは、とても思えない。

菊香がきれいな仕草で会釈《えしゃく》をした。

「おめでとうございます。新たな道が拓《ひら》かれたのですね」

「ええ、ありがとうございます。動きだすのは、少し先のことになりますがね。筆子たちやその親御さんにも、この件について、きちんと伝えないといけません。養生しながら、じっくり考えていきます」

勇実は、眉間をつまんで揉みほぐした。行灯のもとで手紙を少し読んでいただけなのに、あっという間に疲れて、目が霞《かす》んできた。

菊香が勇実の手から紙の束をそっと取り上げた。

「無理はいけません。わたしも、もうしばらくはこちらで奉公させていただきますから。慌てずに少しずつ、体を慣らしていきましょう」

「もうしばらく、ですか？」

つい訊き返してしまった。

はい、と菊香はうなずいた。

当然だ。だが、勇実はちくりと胸が痛むのを感じた。離れがたい。夜、眠りに就く間際までこうして菊香と話していられる暮らしが、じきに終わってしまうなんて。

「菊香さんがいなくなると、寂しいな」

思わず、つぶやいてしまった。

手紙を文箱にしまう菊香の手が、わずかな間、止まった。

行灯が照らすだけの暗がりの中で菊香がどんな顔をしていたのか、勇実には見えなかった。

三

二月の初午《はつうま》の日は、毎年、新たな筆子を手習所に迎えるのが習わしとなっている。

この日から手習いを始めるのは、七つや八つの子が多い。この世に生まれ落ちてから丸六年になったところのまだまだ幼い身に精いっぱいの晴れ着をまとい、母親に連れられ兄姉《けいし》に見守られて、手習所へやって来る。

千紘は矢島家の離れでへたり込んだ。気がつけば、一人きりの離れに西日の差し込む刻限になっている。

「ああ、気を遣った。どうにか初午の日を乗り切ったわ……」

がちがちに張り詰めていた肩から力を抜くべく、大きく伸びをして、深く息を吸い込む。ゆっくりと吐き出す。

咳払いをする。この頃、ようやく喉がもとに戻ってきたようだ。

先月はずっと、喉が嗄《か》れていた。まったく声が出なくなった日もあった。勇実の診療のついでに藍斎に診てもらったところ、病ではないと言われた。心身の疲れが原因らしい。

一時は、もうこの喉は治らないのではないか、と悩むほどだった。心身の疲れには心当たりがありすぎた。むろん手習所のことだ。お先真っ暗な気分に陥りながら、がむしゃらに前に進むしかなかった。

喉の調子が戻ってきたということは、少しは千紘も手習所に馴染んできたのだろうか。まだまだ手探りだ、と自分では感じているのだが。

初午の日に「これからよろしくお願いいたします」とあいさつをして筆子を迎えるのは、思えば初めての出来事だった。

千紘が一番目に教えることとなった御家人の娘、大見《おおみ》桐は、もとをただせば、百登枝の筆子だった。百登枝が体を壊して満足に教えられなくなったため、千紘が桐の手習いを引き継いだのだ。

ともに手習所を切り盛りする将太も、事情は千紘と似たようなものだ。もとからいる筆子は皆、勇実に教わりに来ている。将太はあくまで手伝いであり、見習いのつもりでいた。

それが今年は、千紘と将太が師匠として、矢島家の離れで筆子たちを迎えたのだ。千紘はここを仕事場にするとは考えてもいなかった。将太もまだまだ勇実の見習いのままでいるはずだったという。

「兄上さま、やっぱりまだ体が思うように利かないのかしら。すべて将太さんに任せるだなんて」

勇実は一月の半ば頃から、琢馬や貞次郎といった親しい者であれば座敷で迎えられるくらいに回復していた。来客の後は疲れ果てて横になったりもしていたが、起きていられる時が徐々に長くなっていった。

筆子たちとも話せるようになったのは、一月の終わりが見える頃だった。勇実が手習所を訪れることはなく、昼餉の頃や帰り際に筆子たちが白瀧家に立ち寄る。そうすると縁側に勇実がいて、「お疲れさん」と筆子たちを迎えるのだ。

すっかり隠居のような様子の勇実に、千紘は何となく不安を覚えている。

二月に入って、勇実はようやく床上げした。病身《びようしん》の勇実の世話をするため白瀧家に住み込んでいた菊香も、矢島家の離れで寝泊まりしていた将太も、それぞれの屋敷に戻った。

菊香が白瀧家での奉公をやめても、勇実はあっさりしたものだった。菊香もあれっきり、勇実を訪ねてもこない。二人きりで過ごす時が長かったわりに、仲直りをしただけで、それ以上のことにはならなかったらしい。

少しずつ、いろんなことが落ち着きつつある。

勇実はこのところ、昼間はなるたけ横にならないようにしているようだ。写本の仕事をしながら、時折、庭に出て竹刀《しない》を振ってみている。

とはいえ、たちまち息を切らし、ふらふらになって「駄目だなあ」と苦笑している。たまに腹の傷に障ることもあるようで、「痛い」と呻いてうずくまったりもしている。

そういう様子を含めて、勇実の体は順調に快復してきているようだ。

だが、初午の今日、勇実はやはり手習所に出てこなかった。今日くらいは多少の無理を押しても筆子たちと過ごしてよさそうなものなのに。

「百登枝先生は、そうしておられたわ」

毎日手習いを教えるには体がつらくなっていた二年前でも、百登枝は千紘たち筆子を井手口家の離れに招いた。初午の日は稲荷《いなり》の祭りの日でもある。だから、皆でにぎやかにお参りをしよう、ということになったのだ。

お参りに行く前に、お供えの料理を皆で作った。稲荷の狐《きつね》が大好きな油揚げを使った料理だった。

「あの日の百登枝先生は、はしゃいでいらっしゃった。好奇心のかたまりのような人ですもの。旗本の大奥さまらしく包丁なんて握ったこともなかったから、初めての料理が楽しかったとおっしゃって……」

百登枝が亡くなって、一月が過ぎた。それでも、ふとしたときに百登枝のことを思い出してしまい、涙が込み上げてくる。

その日が来るのを百登枝はすっかりわかっていて、何年も前から支度をしていたらしい。

手習いの師匠になった千紘のために、百登枝はたくさんの本を遺してくれていた。学びの速さや深さに合わせて、どんな筆子にどんな教本を与えるのがいいのか、という難しい問題について助言した、細やかな書き置きとともに。

書き置きには、「しかしながら、つまるところ、すべてはあなたの目と耳と心で選び、決めるべきなのです」と書き添えてあった。

それは確かに百登枝の字だったので、近頃記したものではない。まだあまり手が震えず、みずから筆を取ることができた四、五年も前から、百登枝は千紘のためにあの文をしたためていたのだ。

「本当に手習いの師匠になれるとは限らなかったのに。百登枝先生の目には、筆子がこれから歩んでいく道が見えていたのかしら」

と、離れの戸が開く音がした。

「千紘先生！」

筆子たちの声と、大人の男の声も交じっている。

千紘は振り向いた。

「あなたたち、帰ったのではなかったの？」

桐が、にっと笑った。

「一度帰ったけれど、千紘先生の仕事が落ち着くのを待って、また来たの」

確かに桐はすぐ近所に住んでいるので、それもうなずける。同じく御家人の子で十三になった淳平《じゅんぺい》は矢島道場にも通っているので、自分の屋敷と矢島家を行ったり来たりするのはいつものことだ。

しかし、いくぶん遠い田所町《たどころちょう》から通ってくる白太や、両国橋を渡って通ってくる久助と良彦がいる。おまけに、筆子ではなく矢島道場の門下生で、千紘や将太と同い年の寅吉までいる。

にこにこした白太は、今年で十四だ。手習所では一番年長で、このところ背も伸びてきた。

「千紘先生が一生懸命やっているから、みんなでご褒美《ほうび》を用意したんだ。初午の今日からまた、気合いを入れて、やっていけるように」

「ご褒美？」

言われてみれば、久助と良彦が二人でぴったりくっついて、背中に手を回している。ともに十二のいたずら小僧たちは、後ろに何かを隠しているらしい。

桐が言い添えた。

「将太先生にもあげたよ、ご褒美。もちろん、千紘先生とは違う贈り物を選んだんだから」

　久助と良彦が「せーの」と調子を合わせ、後ろに隠していたものを千紘に差し出した。

　春の野花が咲き乱れていた。菫《すみれ》、一輪草《いちりんそう》、はこべら、蓮華《れんげ》、母子草《ははこぐさ》、かたくり、なずな、菜の花、ほとけのざ。若々しい蓬《よもぎ》の葉や、芹や土筆《つくし》もある。小振りな鉢にびっしりと生けられて、花盛りの野っ原を切り取ってきたかのようだ。

　千紘は目をしばたたいた。

「これを、わたしに？」

　久助は胸をそらした。

「昼と帰り際に、みんなで摘んで生けたんだ。千紘姉ちゃん、じゃなくて、千紘先生は、仕事仕事で気づいてなかっただろ？」

　淳平が照れくささそうに頬を掻いた。

「花を摘んだときは幼い子たちも一緒だったんですけど、先に帰しました。暗くなってきたら危ないですから。千紘先生が遅くまで仕事をしてるときもあるってこと、私は道場に通ってるから、知ってるんです」

　寅吉が、ひょろりとした身を子供の背丈に合わせて軽く屈《かが》め、花を指差した。

「手前や心之助さんも一緒に摘みに行ったんですよ。川っぺりに蓮華や菜の花が咲いてるの、千紘お嬢さん、ご存じないでしょ？　あすこは岸に下りなけりゃ見られないんで。ああ、もちろん、手前らみんな、水辺には近づいてませんよ。落っこちたら大変ですからね」

桐が得意げに一首、諳《そら》んじてみせた。

「春の野に　菫摘みにと　来し我ぞ　野をなつかしみ　一夜《ひとよ》寝にける」

「山部赤人《やまべのあかひと》ね」

「そう。春の野原に菫を摘みに出掛けたら、あんまり素敵だから、一晩そこで過ごしてしまったっていうの。この歌を添えて、千紘先生にお花を贈ります。昔の都の貴人は、歌に折り枝の花を添えて、大事な人に贈ったんだものね」

「それ、ずいぶん前に百登枝先生に教わったわね」

「うん。でも、ここの男の子たちは、歌のことはあんまり教わってないみたいよ。百人一首もちゃんと覚えてないんですって。千紘先生、教えてあげたらいいわ」

久助と良彦は、手近な天神机に花の鉢を置いた。

良彦が上目遣いで千紘を見やった。

「手習いの間は、千紘先生にいたずらするのをやめるよ。今日は怒らせて、ごめんなさい」

いつになくしおらしい良彦は、ぺこりと頭を下げた。

そうなのだ。今日は初めて手習所に来た子もいたというのに、千紘は良彦のいたずらに腹を立て、大きな声を出してしまった。

いたずらといっても、かわいらしいものではある。千紘の背中に「龍治命」と書いた紙が、いつの間にか貼られていたのだ。

後で聞いたところによると、良彦のしわざだったらしい。気持ちに余裕があるときなら、ほんのちょっと怒った顔をしてみせて「こら」と叱るくらいのものなのだが。

あなたたち、わたしを舐めているんでしょう？　勇実先生が相手なら、手習いの最中にこんなことはしないはずよ。いい加減にしなさい！

嫌な言い方をしてしまった、と、たちまち後悔した。

手習所では、時に筆子が起こす間違いを正すため、叱らなければならないこともある。だが、叱ることと責めることは違う。それなのに、千紘は責めてしまった。頭ごなしに押さえつけるように、大声を上げてしまった。

そんな怒り方をされるとは、筆子たちも思っていなかったのだろう。「龍治命」の仕掛け人である良彦を筆頭に、千紘にちょっかいを出したことのある男の子たちが、びくりとして固まった。

千紘は、野花の鉢に目を落としながら謝った。

「わたしのほうこそ、大人げなくてごめんなさい。あんな言い方をしなくてもよかったはずよね」

久助が拗《す》ねた顔をした。

「でも、千紘先生に言われなきゃ気づかなかったんだ。勇実先生のときのほうが、おいらたち、ちゃんとしてたかもしれないなって。そりゃあ勇実先生のこともからかったりしてたけど、もっと冴えたやり方をしてたと思う」

「冴えたやり方？」

「そう。知恵比べみたいにしてさ、勇実先生を出し抜くんだ。ご禁制の『真田三代記《さなださんだいき》』をみんなで回し読みして、すっかり台詞《せりふ》を覚えたときは最高だったな」

そのことなら千紘も覚えている。勇実は「してやられた」と言いながらも、楽しそうに笑っていた。筆子たちは、憧れの英雄たちの活躍を追いかけるうちに、難しい言葉も漢字もずいぶん身につけていたという。

勇実自身、唐土の英雄物語を読むうちに、漢文を読みこなせるようになっていた。遊びが学びにつながったのだ。

かつての自分と同じようなやり方で、筆子たちが学びを深めていた。しかも、誰かに言われたのではなく、自分たちで教え合って学んでいた。勇実には、それがとりわけ嬉しかったらしい。

「兄上さまは、もう何年もあなたたちの師匠なんですものね。ほんの一月教えているだけのわたしが、同じように振る舞ってもらえるはずもない。うまくいかないことばかりで苛立《いらだ》っていたから、言葉がきつくなってしまったの。情けないわ」

いきなり、桐が千紘に抱きついてきた。

「千紘先生、大丈夫よ。今は、変わろうとしているときだから、ちょっと疲れてしまうだけ。わたし、千紘先生の力になれるように、うんと頑張るわ！」

「桐さん」

「百登枝先生が励ましてくださったの。今の桐さんはかつての千紘さんみたいですねって」

「え？　百登枝先生が？」

「去年の菊の花見のお茶会のとき、百登枝先生にお話ししたの。わたしは千紘先生のお手伝いができるくらい、たくさん学びたいんだって。そしたら、千紘先生と同じって言っていただけた。千紘先生は百登枝先生のお手伝いがしたくて、手習いの師匠を目指したんでしょ？」

「ええ、そうね。きっかけはそうだった。まだまだ力不足で、何ひとつ満足にできないけれど」

「だから、わたしが力になる。千紘先生、あと三年待ってね。わたし、十五になる頃には、千紘先生みたいに何でも読めるようになってるつもりだから。歌も、百人一首だけじゃなくて、いっぱい覚える。わたしにとって、花嫁修業なんかより、千紘先生と一緒に頑張ることのほうがずっと大事なんだもの」

千紘は桐を抱きしめた。

「ありがとう。一緒に頑張りましょう」

「もちろんです！　だって、わたしも千紘先生も、百登枝先生の教え子なのよ。心意気を忘れず、軽《かろ》やかにいかなくっちゃ」

「本当にそのとおり。ありがとう。ばたばたする日がまだ続くかもしれないけれど、きっと何とかなるわ。腐らずに、しゃんと背筋を伸ばして進んでいくから、一緒に来てね。男の子たちもよ」

千紘は、白太、淳平、久助、良彦の顔を順繰りに見やった。四人とも千紘と目を合わせ、うなずいてくれた。

顔をくしゃくしゃにして笑う寅吉が、土間にひざまずいて鼻の下を指でさすった。

「いやぁ、うらやましい。手前も千紘お嬢さんみたいな先生から手習いを教えてもらいたかったなあ」

白太が小首をかしげた。

「一緒に習う？」

「おっ、いいのかい？」

千紘はうなずいた。

「寅吉さん、これからもときどきそうしてもらえると、わたしも助かるわ。今日で筆子も増えたことだし、目も手も足りないときがあると思うの。頼りにしています。よろしくお願いしますね」

寅吉はでれでれと相好《そうごう》を崩した。

「千紘お嬢さんに認めてもらえると、力が湧いてきやすね。まさに百人力でさあ」

瘦せぎすの腕で力こぶなどつくってみせるが、何の迫力もない。

鳶の子の久助が袖をまくり、えいっ、と力こぶをつくった。

まあ、と桐が目を丸くした。

「久助も瘦せっぽちに見えるけれど、寅吉さんより立派な力こぶね！　すごぉい。鍛えているの？」

まっすぐな言葉で誉められた久助は、ちょっと赤くなって「まあな」と応じた。

「鳶ってのは、身軽で力持ちなのがいいんだ。おいらは子供だけど、まあまあ力が強いんだよ。おとっつぁんの手伝いができるくらいには、重いものを持ち慣れてんだ」

久助の様子に気づいた良彦が、にやにやしながら肘でつついた。

戸口から吹き込んできた春の風は、夕刻に近づいていても暖かい。

鉢に生けられた野の花が愛らしく揺れる。鶯《うぐいす》の鳴く声が、庭のほうから聞こえた。

千紘は深呼吸をして微笑んだ。

「気持ちを新たに、進んでいけそう」

ばたばたといろんなことが変わってしまった一月が過ぎて、春らしくなってきた二月。

振り回されるばかりではいられない。

ふと、開けっ放しの戸口から龍治が顔をのぞかせた。

「何だ、皆、まだ帰ってなかったのか？　じきに暗くなるだろ。寅吉、白太を送っていってやれ。久助と良彦も途中までついていけよ。淳平と桐は俺が送っていこうか」

筆子たちと寅吉は声を揃え、「はぁい」と元気よく応じた。

四

二月も終わりに近づいている。日中は暖かいことも多いが、日が落ちる頃になると肌寒い。

龍治は空を見上げた。今朝、明け方に一人で稽古をしているときに、うっすら白く細い月を目にした。ああいう鋭く冴えた姿の月が好きだ。

道場の戸締まりをしようとしていると、西日に目を細めながら、勇実がやって来た。手には木刀を持っている。

「今日はもう、門下生は皆帰ってしまったのか」

「ああ。今しがたまで、心さんがいたけどな。正宗《まさむね》が腹ぺこでキャンキャン吠えだしたんで、一緒に帰っていったよ。勇実さん、誰かと手合わせでもしたかったのか？」

手合わせというのは、からかい半分のつもりだった。勇実はまだ稽古に復帰していない。庭で素振りをする姿は見るようになったが、さほどの回数を振れずにいるようだ。

「そうだな」

ところが、勇実は静かに微笑むと、龍治の言葉にうなずいた。

「龍治さん、手合わせをお願いしたい」

「俺を相手に？」

「ああ。本気でやってみたいんだ。どっちが強いか、白黒つけるつもりで」

龍治は眉をひそめた。

「無茶だ。勇実さん、病み上がりじゃないか。体が戻ってないのに、俺に勝てるわけ……」

ない、と言い切ることができなかった。

実のところ、龍治が勝てないはずはない。体力はもちろん、技量で言っても、今となっては龍治が勇実を上回っている。それを龍治はいつの頃からか感じ取っていた。

言い切ることができないのは、気持ちの問題だった。

勇実に勝ちたくない。

二つ年上の、何でもできる幼馴染み。気性も考え方もずいぶん違うのに、なぜか誰よりも馬の合う特別な友。兄のように慕っている、などと言うのは気恥ずかしいが、事実そうなのだ。

兄は兄のままでいてほしい。自分のほうが強くなってしまったら、この間柄は、特別なものではなくなってしまうのではないか。

いや、幼い頃は「勇実さんより強くなりたい」と目標を立てていた。いつか勝てると信じて稽古に励んでいた。それはずっと遠い先のことだと思っていたのに、その日がついに来てしまったというのか。

黙り込んだ龍治に対し、勇実は平然としている。素振りを繰り返す動きを見れば、傷の治りがよいこともわかる。藍斎に湯屋へ行くことを止められているが、そろそろ湯につかっても傷に障らないだろう。

だが、やはり本調子とは言えない。踏み込みが浅いし、重心を丹田《たんでん》に落とせていない。木刀を振るう形は整っているものの、何となくふわふわした動きだ。

勇実が納刀《のうとう》の仕草をした。龍治をまっすぐ見据える。

「手合わせをお願いする。立ち合いの真剣勝負だ。私は本気で行くよ。龍治さんも手を抜かないでほしい」

「待ってくれよ。急に立ち合いだなんて、なぜなんだ？」

勇実は静かに微笑んで答えた。

「前に龍治さんが、剣を振るうときがいちばん素直になれると言っていた。将太が京から帰ってきてすぐ、なぜだか果たし合いのようなことになったときに」

「あれは、将太が紛らわしいことをして俺を引っかけたから、ちょっと早とちりをしただけで」

「でも、本気で剣を交えてぶつかり合うときに素直になれるというのは、龍治さんにとって真実なんだろう？」

「そのとおりだけど」

「だったら、頼むよ。本気でやってみたいんだ。さあ、龍治さんも構えてくれ」

龍治の返事を待たず、勇実は、腰に据えた木刀を鞘から抜き放つ仕草をした。

切っ先をぴたりと龍治に向ける。

来る、と察した。

次の瞬間には、龍治も動いていた。

抜き打ちで迎え撃つ。

勇実の正眼から放たれた斬撃は、龍治にとって頭上から打ち下ろされるものだ。龍治はがっちりと食い止め、押し返す。

木刀を弾かれ、勇実の重心が浮いた。半歩下がって立て直し、勇実は再び打ち込んでくる。

龍治は防いだ。木刀を噛み合わせて食い止める。勇実が力をかけてくる。だが龍治は腰をためて、びくともしない。

勇実が歯を食い縛りながらつぶやいた。

「力が強いな。押し切れない」

「全身使ってるからな。腕力だけじゃかなわねえから。えいッ！」

跳ねるように全身で勇実の木刀を押し上げる。勢いのまま木刀を振り抜く。

勇実が次の手を打つより刹那《せつな》早く、龍治が打ち込む。

カツン、と硬い音。木刀がからみ合う。

小手《こて》を打てると踏んだが、甘かった。

「今の間合いで防ぐのか。勇実さん、やっぱりうまいな」

守りの剣術が勇実の得手だ。

木刀越しに見つめ合う。

勇実が不意に言った。

「決めたんだ。本所を離れようと思う」

「えっ？」

さすがに、あっけに取られた。一瞬のことではあったが、鍔迫《つばぜ》り合《あ》いの均衡《きんこう》を崩すには十分だ。

勇実が木刀を振り抜いた。龍治は押し飛ばされた。数歩下がり、構え直しながらも、まだ呆然としている。

「本所を離れるって、どういう意味だ？」

「遠山さまからの誘いを受けることにした」

「遠山さま？　勘定所に勤めるのか？」

「いや、違う。湯島だ」

「湯島って……もしかして、昌平坂学問所？」

「そういうことだ。やァッ！」

勇実の鋭い刺突。切っ先をからめ、狙いをそらす。さらに勇実が木刀をからめてきて、再び鍔迫り合いになる。

力比べだ。間近に押し合いながら、龍治はまた呆然としてしまった。

勇実はすでに、尋常ではないほど息が上がっている。やはり、寝ついたことで体力がすっかり落ちてしまったのだ。

「ああ、駄目だな……この程度、動いただけで」

荒い息の合間に勇実が言う。つらそうだ。でも楽しそうだ。息苦しさに歪《ゆが》めた顔で笑っている。

「湯島に屋敷を与えられるのか？」

「そうだ。だって、ここは、小普請組《こぶしんぐみ》の屋敷地だから……くッ」

互いに押し合って跳び離れる。勇実は一瞬ふらついて膝をついた。

「大丈夫か？」

「まだまだ……！」

勇実は腹の傷を押さえながら立ち上がった。また構える。

「傷、痛むんだろう？」

「なに、傷口が開きはしないさ」

困惑してしまう。勇実はなぜこんな無茶をするのか。泣きたいような気持ちになっている。龍治は思わず言った。

「勝負、今じゃなきゃいけないのか？」

「今しかない。道が、これから分かれていくんだ」

「隣同士じゃなくなるから？」

「ああ。それ以上に、千紘のことがあるだろう？」

勇実が打ちかかってくる。龍治は受け止める。

「千紘さんのことか。俺、勇実さんにぶっ飛ばされるようなことをした？」

「違う。ただ、覚悟のほどを知りたい」

「覚悟？」

「私に、勝ってみせろ。若さまと勝負をしたときのように！」

ぐいぐいと勇実が押してくる。

体力が落ち、目方が軽くなってしまってもなお、勇実は力のかけ方がうまい。木刀一本で押さえられているだけなのに、物打《ものう》ちも手元もがっちりとつかまれているかのようだ。

相手の技を封じ、守りながら攻め落とす、勇実の得意技だ。真正面からこの技をかけられると、とにかく重い。

しかし。

「わかった」

龍治は答え、遠慮も困惑も捨てた。千紘の名と、覚悟という言葉を出されて、なおも中途半端なことなどしていられない。

勝負は刹那。

しなやかに膝を使い、沈みながら躱《かわ》す。受け止めていた勢いをそらすと、勇実の側面、死角に回り込んで小手を打った。

勇実が、驚きを浮かべた横目で龍治をとらえる。

からん、と勇実の木刀が床に落ちる。

その音が響いたとき、龍治はすでに木刀を振り下ろし、勇実のうなじすれすれのところで止めていた。もしも鋼《はがね》の刀を使い、寸止めすることなく振り切っていたとすれば、勇実の首は地に転がっていただろう。

「速いな」

「勇実さんが本調子じゃないからだ。重心が浮きがちで、一手一手が軽いんだよ」

「そうではあっても、これが今の私の実力だ。体が戻るにしたがって動き方を思い出せるかもしれない。でも、ひょっとしたら、このまま忘れてしまうかもしれない」

「戻るさ」

「けれど、私がもとのところまで戻る間に、龍治さんはもっと先へ行ってしまう。そうであってほしいな。もっともっと強くなってほしい。負けたよ。完敗だ」

龍治は木刀を引っ込めた。勇実が腹の傷を庇いながらへたり込む隣に、すとんと腰を下ろす。

「勇実さん、本当に湯島に行ってしまうのか？」

「ああ。もう決めた。間《ま》のいいことに、学問所の敷地内に役宅が一つ余っているらしい。かつて儒者の古賀精里《こがせいり》先生が住まれていたところの隣で、小さな屋敷だそうだが」

「そうだよな。今の屋敷に住んだまま湯島に通う、というわけにもいかないよな」

「今の屋敷は小普請組の組屋敷として父が与えられ、私が引き継いだものだ。立場が変わる以上、屋敷も移らなければならない。それに、学問所の書庫には帯《たい》出《しゅつ》が禁じられた書物も多く所蔵されているから、やはり同じ敷地内に住むのが好都合だ」

「なるほどな。事情はわかったよ。しかし、そんな大事なこと、誰にも相談せずに決めたのか？」

勇実はあっさりとかぶりを振った。

「いや、菊香さんにはまず話したよ。遠山さまから手紙をいただいたときにな。さすがに迷いがないわけではなかったから、菊香さんに相談に乗ってもらえてよかった」

ちくりと胸が痛んだ。俺が一番じゃなかったのか、と思った。

「菊香さんがいた頃に決めていたってことは、先月じゃないか。ああ、そうか。だから、勇実さんは初午の日も手習所に出なかったんだ。これ以上、ここで筆子を迎えるつもりがなかったから」

言葉にして、はっきりと悟った。

もう引き返せない。勇実は、進むことを選んだ。龍治と隣り合っていた道ではなく、ずっと遠くへ続いていく道を。

「熱が下がって、起きて手紙を書けるようになってすぐに、遠山さまにお答えした。体が快復したらぜひ学問所の教導の件をお受けしたい、と」

「でも勇実さん、儒学は好きでも得意でもないって言ってただろ。そんなんで仕事が務まるのか？」

「儒学の教授ということなら、到底務まらないな。学問と政がじかに結びついているようなのは、どうも素直に受け取れない」

「じゃあ、どうして？」

「史学、歴史を教えないか、と言っていただいたんだ」

「歴史？　唐土の歴史か？」

「ああ。儒学ほどに重要とはみなされないが、やはり歴史を解《かい》する力や漢詩を作る力も、昌平黌の学生には求められる。何せ、日の本随一の学問所だからな。そういうわけで、書庫の整理なんかをするほかに、史学を受け持つのはどうかと言われたんだ。好きこのんで史学を教えようという教官がほかにいないらしい」

好きな歴史を教える仕事。学びたいという意欲に満ちた若者たちと、じかに触れ合える学問所。湯島には珍しい書物も数多く所蔵されていると聞く。

きっと勇実にとって、願ってもない話だ。

降って湧いた災難に端を発しているとはいえ、手習所の引き継ぎもできた。勇実には心残りもないだろう。寂しさはあるとしても。

「千紘さんは、行かないんだよな？　手習所のこともあるんだから」

勇実はうなずいた。

「連れていくわけにはいかない。龍治さんに任せていいかな？」

その話をするための大立ち回りだったわけだ。龍治はそれを悟り、言葉に力を込めて答えた。

「もちろんだ。俺が千紘さんと所帯を持って、千紘さんには矢島家で暮らしてもらう。そして、離れの手習所で師匠の仕事を続けてもらうよ」

「うん。ぜひそうしてくれ」

「しかしなあ、勇実さん。本当は年明けすぐにその話をするはずだったんだぞ。誰かさんが大変なことになっちまったせいで、ぐずぐずと引き延ばす羽目になったんだけどさ」

半ば茶化した言い方をしたのは、鼻の奥がつんとして、胸が苦しくなったからだ。

いつものとおりでいたかった。笑っていたかった。

勇実とこんなふうに腹を割って話す機会、一生を左右するほどに大事なことを語り合う機会は、きっともう二度とない。

だから、素直な自分でありたかった。勇実と一緒にいると、何があるというわけでなくても、不思議と楽しく、心が安らぐ。おのずと笑顔になってしまう。

勇実もまた、同じことを思ってくれているのだろうか。柔らかな笑い方をしている。いつもの、素直な勇実の顔だ。

「それはまた、悪いことをしてしまったな」

「まあ、いいよ。怪我の功名《こうみよう》ってやつで、いろんなことをじっくり考えることができた。勇実さんもだろ？」

「そうだな。じっくり考えて、きちんと決めた。千紘のことは龍治さんに任せるとして、お吉も、私と千紘がそれぞれ所帯を持つことになったら、一緒になりたい相手がいる。亀戸《かめいど》のほうに越していくことになるだろうな」

去年の卯の花の咲く頃だった。亀戸に住むご隠居で、武術の達人の中田歳兵衛《なかたとしべえ》が、お吉に一目惚れした。なるほど確かに、お吉は、よい年の重ね方をした愛らしい人だ。歳兵衛先生はさすがにお目が高い、と勇実も嬉しそうだった。

「ああ、歳兵衛先生のところか。そうだな。歳兵衛先生なら、お吉さんのこと、うんと大事にしてくれるさ」

そう言ったところで、龍治は、あっと声を上げた。思わず身を乗り出し、勇実の腕をつかむ。

「どうした?」

「いや、どうしたじゃないだろ。勇実さん、今、所帯を持つって言ったよな。菊香さんのことだろ? 許しをもらったのか?」

勇実は、うなずいたのか首をかしげたのか微妙な感じで、こくりとした。

「菊香さんの父上と母上には、手紙で許しをもらった」

「そうだったのか! いつだよ?」

「まだ半ば臥せっていたときに、菊香さんの住み込みの件をお詫びする手紙を送ったら、このまま迎えてやってくれないか、と」

「亀岡家のほうから?」

「ああ。だから改めて、きちんとした書面で縁談を申し込んだ。それに対しても、正式な許しをいただけた」

「そうか。菊香さん自身は何て言ってんだ?」

勇実は、一つ深い呼吸をした。

「それだけは、まだなんだ。これから話すつもりだ。今度こそ、ありったけの想いをきちんと伝えたいと思っている」

意気地なしなところがあるはずの勇実だが、落ち着いた顔をしていた。この二月《ふたつき》の間に、勇実の中で何かが大きく変わったのかもしれない。

龍治は勇実の肩をぽんと叩いた。

「気張《きば》ってこいよ。俺も、ちゃんと千紘さんに伝える」

宣言してから、気恥ずかしくなって、つい笑ってしまった。勇実もつられたように笑いだした。

うつむきがちな勇実の耳が赤くなっているのが、龍治の目に留まった。健《すこ》やかな色だ、と感じられた。

第四話　桃之夭夭《もものようようたる》、灼灼其華《しゃくしゃくたるそのはな》

一

最後まで書き取りを終えた白太が顔を上げた。

「できた」

千紘ははっとして、急いで笑顔をつくった。

「お疲れさま。最後まで一生懸命にやって、くたびれたでしょ。道具を片づけたら帰っていいわよ」

「千紘先生こそ、くたびれてるでしょう？　おいら、どうしても遅いから、待ってる間は昼寝しててもいいんだよ」

思わず千紘は両手で顔を覆《おお》った。うとうとして舟を漕《こ》いでしまっていたのを、白太に気づかれていたのだ。

「ごめんなさい。ちゃんと起きて待つわ。あの寝坊助の兄上さまだって、手習いの間にうたた寝なんてしてなかったでしょう?」

「たぶん」

「ああもう、恥ずかしい。確かに疲れてはいるけれど、筆子の皆の前ではしゃんとしていたいと思っているのに」

「しゃんとしてるよ。おいらひとりになったから、ちょっと力が抜けちゃっただけでしょう?」

白太の優しい言葉に、ますます情けない気分になってしまった。

今日は将太が来られない日だった。仕事がないときは手伝ってくれる心之助もおらず、寅吉は朝から捕物に駆り出されているらしい。完全に千紘ひとりだったのだ。

初午の日に、筆子の年長組が千紘に素直な言葉をかけてくれた。千紘もあのとき話ができて、少し気持ちが楽になった。徐々にうまくやれるようになればいい、と思っている。

目下、いちばんの悩みは、千紘自身の学びが追いついていないことだ。

筆子にきちんと教えるためには、まず千紘自身が手習いの教本を学び直す必要がある。女の子たちだけのときでも大変だったが、男の子たちのぶんまでとなると、どれだけ時をかけねばならないのか。気が遠くなる。

白太が帰り支度を整えたあたりで、手習所の戸を外から開ける人がいた。

「こんにちは」

声を聞いた白太が目を輝かせた。

「あっ、尾花さま……じゃなくて、琢馬さん！」

「そう、琢馬さんだ。武家の尾花さまではなく、ね」

「琢馬さん、今日は元気？　近頃、ずっと顔色が悪かったけど、心配事は片づいた？」

「おや、そんなに顔色が悪かったかな」

「うん。病気じゃなくて、心配事のときの顔色だった。どうしたのかなって思って、勇実先生にも相談した。勇実先生も琢馬さんのこと、ずいぶん気遣ってたよ。でも、今日の琢馬さんは前より顔が明るいね」

ありがとう、と琢馬は白太に微笑みかけてから、千紘に向き直った。

「今まで勇実さんと話していたんですよ。遠山さまが近いうちにこちらへお越しになってお話ししたいとのことで、その段取りのためにね」

「遠山さまがうちにいらっしゃるのですか？　元旦のお話の続きをなさりたいの

かしら？」

「続きと言えば続きですね。勇実さんには、昌平坂学問所の件、受けてもらえてよかった。勘定所よりもずっと、勇実さんに合っていると思いますよ」

寝耳に水だった。琢馬が何を言っているのか、とっさには理解できず、千紘は固まった。

白太が、あっ、と声を上げた。合点《がてん》がいった、と言わんばかりに手を叩く。

「だから、祖父《じい》ちゃんが勇実先生からの手紙を読んでたんだ。祖父ちゃんは手紙の中身を教えてくれなかったけど、おいらのことを書いた手紙みたいだったし、あの字は勇実先生のだった。勇実先生、やっぱりここを離れるんだね？」

琢馬はうなずいた。

「ここではない別のところで学問を教えるんだ。唐土の歴史をね」

「わあ、それはいいね！　勇実先生は歴史の話が大好きだもの。勇実先生がここに来られないのは寂しいけど、本当にとても寂しいけど、勇実先生がいないのにも慣れてきたし、勇実先生が元気でいるんなら、おいらたちは平気だよ」

「元気でいるんなら、か。そうだね」

「この頃、やっと勇実先生の顔色がもとに戻ってきたの。病気の顔色じゃなくなって、血も増えてきた。もう大丈夫だと思う」

「そうか。だから動きだしたんだな。勇実さんはここ数日、筆子の親御さんたちに事情を話したり、手紙で説明したりしているらしくてね」

「祖父ちゃんへの手紙も、そうだよね」

「ああ。白太さんが一人前の絵師になれるよう、こういった学びを授けてあげてほしい、といった手紙を、白太さんの親御さんやお祖父さんに渡したと聞いているよ」

「うん。おいら、絵師になりたいんだよ。琢馬さんの絵、今度は色をつけたのを描きたい。それに、燕助《えんすけ》さんがいる箱根《はこね》にも、琢馬さんと一緒に行って、東海道《とうかいどう》の景色を描くんだ」

「楽しみだな。約束だぞ」

「もちろん。それからね、お医者の藍斎先生の手伝いをする約束もあるんだ。おいらが虫や花や草の絵を描いて、藍斎先生の本に入れるの」

「そのためには、白太さんも、虫や草花の分類学というものをかじっておくのがいいらしい。勇実さんがそう言っていたよ」

「頑張る。オランダ語も覚える」

「頼もしいな。私も一緒にオランダ語を学ぼうかな」

千紘は思わず口を挟んだ。

「待って。それは、一体何の話なの？」

どくどくと、心の臓がおかしな具合に高鳴っている。その音がうるさくて、琢馬と白太が話しているのもろくに耳に入ってこなかった。

「わたし、聞いてない。兄上さまから、何も聞いてないのよ」

勇実の引き抜きの話を持ってきた琢馬は別として、白太のような筆子まで勇実の今後について察していたというのに、千紘はまったく気づいてもいなかった。

琢馬が笑みを引っ込めた。

「千紘さんは本当に一言も聞かされていなかったのですか？　筆子の鞠千代さんに告げたときには強情《ごうじょう》に突っぱねられて大変だったとも勇実さんは言っていましたが、そういった騒ぎも知りませんでした？」

知らない、聞いてない、と繰り返すよりほかない。

「わたし、年明けからずっと、手習所のことだけで手いっぱいだったから……」

臥《ふ》せった勇実の姿を見たくなくて、屋敷に戻るのが嫌だった。菊香の献身ぶりを目の当たりにすると、自分の小ささが思い知らされてつらかった。だから、この離れや矢島家の座敷にこもって、自分のことばかりに没頭していた。

白太が小首をかしげた。

「じゃあ、聞きに行ってみたら？　勇実先生、きっと千紘先生にも話してくれるよ」

千紘はうなずいた。取るものも取りあえず、垣根の境の壊れた木戸をくぐって、白瀧家の屋敷へ走った。


勇実は自室で写本の仕事に取り組んでいた。

障子をすべて開け放てば、奥まったところにある勇実の部屋も明るい。奥まったといっても、もとよりさほど広い屋敷ではないのだ。

千紘は硬い声で言った。

「兄上さま。わたしに何か話があるんじゃありません？」

勇実は目も上げなかった。

「ちょっと待ってくれ。手が離せない。きりのいいところまでやらせてくれ。せめて文末まで」

どこが文末なのか、千紘にはよくわからない。

勇実が筆写しているのは漢文だ。ときどき朱筆《しゅひつ》に持ち替えて、印や送り仮名を文の脇に添えながら、筆写を進めている。

もとの文には朱書きの注釈など付《ふ》されていない。読み方の介添《かいぞ》えは、まさに今、勇実が自分の頭で考えて作っているのだ。漢字の連なりだけで表される文を、なぜそんなにさらさらと読みこなせるのか。

学問に関して言えば、本当にすごい人なのだ。むろん千紘にも、それくらいわかっている。

手習いの師匠としても兄は十分な力を持っていたのだろう、とも思う。

男女合わせて二十人ほどの筆子たちをまとめるのは、とんでもなく骨の折れることだ。やってみるまでわからなかった苦労だらけ。将太と二人がかりでさえ、とにかく大変なのだ。

だが、それを勇実は、さしたる愚痴もこぼさずに、平然とこなしていた。六つの年の差以上に、勇実との間に開きがあることを痛感する。持って生まれた才が、質量ともに、桁外《けたはず》れに違うのだ。

千紘はじりじりしながら待った。結局、四半刻ほど待たされたのではないだろうか。

勇実はようやく筆を置き、顔を上げた。

「それで、千紘。何の話だって？」

まだ頬のこけた勇実の顔は、縁側のほうから差し込む日の光を受け、妙に陰影が深く見えた。

「わたしから話があるのではなく、兄上さまからわたしに何かないのですか？」

「私のほうから、か。そうだな。いくつかあるが」

なおものんびりと思案するそぶりの勇実に、千紘は業《ごう》を煮やした。

「琢馬さまがおっしゃってましたけど、兄上さま、昌平坂学問所に引き抜かれるんですって？　もうすっかり決まったような話でしたけど、本当に？」

千紘が詰め寄ると、勇実はうなずいた。

「遠山さまから学問所の教導のお役の話をいただいて、お受けすることにした。正式な肩書がどうなるのか、まだよくわからんが、書庫の整理や教授の助手、史学の教官の仕事を任せてもらえるらしい。まあ、何事もなければ、元旦のあの席でその話をいただいていたはずなんだ」

「で、でも、どうして勘定所の遠山さまが、学問所のお勤めの話を持ってこられるんです？」

「遠山さまは昔、学問所の甲科で首席を取られた秀才だ。在学されていた頃には、後に続く者たちのために、試験への備えから雅《みやび》な漢詩の作り方まで、さまざまな指南書を著《あらわ》された。それが今でも学問所で使われていて、教授陣とも親しくされている。そういう縁から、私に学問所での仕事の話を回してくださったんだ」

勇実があまりに淡々と話すので、千紘はめまいがした。

「信じられない……」

「そう言ってくれるな。千紘はぐうたらな私ばかりを目にしてきたから信じられないかもしれないが、私はこれでも、漢学においては優れているほうなんだぞ」

ちょっと得意げな顔をする勇実に、ますます千紘は苛立った。

「兄上さまが秀才だというのは、わたしだってわかっています。わたしが言いたいのは、そういうことじゃないの」

「では、どういうことなんだ？」

「どうして今まで黙っていたの？　わたし、筆子たちより後になって、さっき初めて、琢馬さまから聞かされたのよ。どうして教えてくれなかったの？　どうして相談してくれなかったのですか？」

問うというより、なじるような口振りだった。

勇実は落ち着き払っていた。千紘がこうして腹を立てることも、あらかじめわかっていたように。

「こたびの件で相談する相手は千紘ではない、と判断したからだ。龍治さんにはもう話してあるよ。与一郎先生と珠代おばさんにも話した。学問所の話を受ければ、私は湯島に移ることになる。屋敷替えになるとして、最も影響があるのは矢島家だろうから……」

「屋敷替えの影響をいちばん受けるのはわたしでしょう！」

勇実の言葉をさえぎった。千紘が大声を出しても、勇実は表情を変えない。静かに諭すように言った。

「千紘、おまえを湯島に連れていくつもりはないよ。おまえは本所に残って手習いの師匠として身を立てるんだ」

「そんな、急に言われても……」

「前に菊香さんに言われたんだ。血のつながった兄妹《きょうだい》もずっと一緒にはいられない、というようなことを。確かにそうだ。血のつながりが切れることはないとはいえ、別々の道を歩むことになれば、関わり方はおのずと変わっていく」

菊香の名を聞いた途端、天啓《てんけい》を得たかのように感じられた。そうだ。迷ったり困ったり腹が立ったりしたときは、頼れる友がいる。菊香に話をすると、心が軽くなるのだ。

千紘は裾《すそ》を払って立ち上がった。

「出掛けてきます」

捨て台詞のように言って、屋敷を飛び出した。

二

八丁堀北紺屋町《きたこんやちょう》にある亀岡家の屋敷まで出向くのは、思い返してみると、ずいぶん久しぶりだった。

一月はずっと菊香が白瀧家の屋敷に住み込んでいた。入り用が生じたときは、貞次郎が届けに来ていた。

先月の初め、勇実が床上げをした日に、菊香は八丁堀へ帰っていった。それっきり、菊香と顔を合わせていない。会って話したい、愚痴を聞いてほしいと思うことはあっても、実際に会いに行く余裕がなかった。

千紘はせかせかと歩いていった。

垣根越しに、梅や桃、木瓜《ぼけ》など、花の咲いた枝がのぞいている。春の風に乗ってふわりと香るのも時折感じられた。

勇実が大怪我をした凶事から、すでに一か月経っている。あっという間だった。

だが、この短い間に、いろいろなことがすっかり変わってしまった。千紘の暮らしも仕事も、勇実との距離も、菊香との距離も。

千紘はそっと亀岡家の木戸門から中をのぞいた。

突然の訪問だし、日暮れが迫る刻限だ。亀岡家にとっては迷惑かもしれない。そもそも菊香は屋敷にいるのだろうか。

運良く、と言おうか。千紘はたちまち菊香の姿を見つけた。庭で貞次郎を相手に木刀を振るっていたのだ。型稽古のようだが、気迫は十分だった。

千紘は思わず、木戸門のところで立ち尽くし、稽古の様子に見入ってしまった。

白瀧家に住み込んでいる間も、少しでも手が空くと、菊香は庭で素振りをしていた。初めは竹刀だったが、物足りなく感じたのか、ずしりと重くて太い木刀を使うようになっていた。

なぜ稽古を、と問うたことはないが、わけは明白だ。龍治や矢島道場の面々も同じで、一時期は、自分を痛めつけるかのように厳しい稽古をしたがるようになっていた。

勇実が凶賊に襲われてひどい怪我をした。誰ひとりとして勇実を守ることができなかった。それを不甲斐《ふがい》なく感じてしまっていたらしい。

貞次郎が千紘に気づいた。

「あっ、千紘さん。姉上に用事ですか？」

すでに菊香より背が高くなっている貞次郎は、胸元の開いた稽古着姿だと、妙に大人びて男くさく見えた。襷掛《たすきが》けしてのぞいた前腕には、打たれたらしいあざがある。

千紘は、びっくり顔で振り向いた菊香にまくし立てた。

「菊香さん、ちょっと聞いて！　兄上さまがわたしに大事な話を隠していたの。今までの暮らしとはまるで変わってしまうのに、わたしへの相談なしで勝手に決めてしまっていたのよ。あんまりじゃない？」

言葉にすると、なおのこと、頭に血が上《のぼ》ってしまうのがわかる。だが、それでもいい。大丈夫なのだ。聞き上手の菊香はいつも、千紘の愚痴でも何でも受け止めて、心を整えるのに手を貸してくれる。

菊香は手ぬぐいで顔の汗を拭って、小首をかしげた。

「勇実さまが湯島へ移られるという話ですか？」

千紘は息を呑んだ。

「……どうして菊香さんがそのことを知っているの？」

「昌平坂学問所にお勤めしないかという話でしょう」

「ええ、そうよ。どうして知ってるの？」

「遠山さまからのお手紙を受け取ったとき、勇実さまはまだ身のまわりのことが十分にできず、わたしが付き添っていましたから。お手紙、その場で見せていただいたのです」

めまいを覚えた。

「では、菊香さん、だいぶ前から……一月の半ば頃から、兄上さまの考えを知っていたということ？」

「おおよそのところは。ただ、お手紙を受け取ったときはまだ、勇実さまもいつ頃動けるようになるか見通せず、お返事の中身をしっかりとは固めていませんでしたが」

勇実ひとりではなかった。こんな大事な話があるというのに、千紘を蚊帳《かや》の外に置いていたのは、菊香もそうだったのだ。

千紘はつい菊香に詰め寄った。

「兄上さまは湯島に行ってしまうつもりよ。わたしはもう、今の屋敷には住めなくなる。それなのに、兄上さまはわたしを連れていかないって。突き放すみたいなことばかり言うの！」

「わたしも、千紘さんは本所に残るべきだと思いますよ」

「でも、兄上さまは一人では暮らしていけないわ。家の仕事どころか、朝起きることだって、一人ではできないんですもの」

「今の実入りである、小普請組の禄《ろく》と手習いの束収《そくしゅう》を合わせた額よりも高い俸《ほう》禄《ろく》を、学問所では約束していただけるようです。写本の仕事は続けるそうですよ。それだけの稼ぎがあれば、家の仕事のために人を雇えます」

ごく穏やかに、当たり前のことを告げる口振りで、菊香は話している。先ほどの勇実の態度とそっくりだ。貞次郎も驚いていない。やはり知っていたのだろう。

千紘は、今度こそ泣きたい気持ちになった。

「どうしてそんな、もう決まっているだなんて……お家のことは、女のわたしには何も知らせないままで、兄上さまが勝手に決めてしまって、それでいいというの？」

いつの間にか、すがりつくように、千紘は菊香の両肩をつかんでいた。間近に千紘を見つめ返す菊香は、そっと微笑んでいた。

くちなしの香りと汗のにおいがする。

「お家のことだから、ではないように思います。逆ですよ」

「逆って、どういう意味？」

「湯島へ行くことは、勇実さまが、一人の人間として選んだ道。お家のためや出世のためではなく、勇実さま自身が成したいことのために選んだ道です。そして、千紘さんにも一人の人間としての思いや考えがあるのだから、兄のもとから解き放つべきだ。そんなふうに、勇実さまは考えておられるのですよ」

「でも、だったら、なぜそれを菊香さんがわたしに言うの？　兄上さまじゃなくて、なぜ菊香さんなの？」

こんな怒りは理不尽《りふじん》だ。言いがかりだ。八つ当たりだ。

勇実の口からその言葉が出なかったのは、千紘が待たなかったからだ。菊香が勇実の思いや考えをきちんと知っているのは、千紘が勇実の看病から目を背けたとき、菊香が引き受けてくれたからだ。

兄が妹ではなく、好いた人に、大事な話をまず打ち明けた。本音を語った。

それは、千紘が今まできちんと勇実の話を聞いてこなかったせいではないか。辛抱強《しんぼうづよ》くて聞き上手な菊香と一緒にいることが、結論を先延ばしにしがちな勇実にとって、ほかの誰を相手にするときより居心地がいいのだろう。きっと。

ふと。

いつの間にそこにいたのだろうか。

背後から苦笑の気配が届いた。龍治の声がした。

「千紘さん、あんまり勇実さんや菊香さんを困らせるなよ。勇実さんに頼まれて追いかけてきてみりゃ、やっぱりなあ」

肩に手を置かれ、そっと引かれた。無理に力を加えられたわけではないのに、千紘はその手に逆らえなかった。千紘自身、止めてほしいと望んでいたからだ。

菊香に食ってかかるつもりなど、本当はなかった。

千紘はうなだれた。

「ごめんなさい、菊香さん。わたし、せっかちで。それに、わがままで欲張りなのかもしれない。わたしだけが何も知らされていなかったのが悔しくて、我慢できなかったの」

「いえ、謝らないで。隠し事をされたように感じたら、気分がいいはずもないでしょう。わたしこそ、嫌な話し方をしてしまったかもしれません。ごめんなさい」

龍治がからりとした声で言った。

「勇実さんが本所を離れるっていう話、俺が知らされたのも最近だぜ。勇実さんも水くさいなって思ったけど、こたびばかりは仕方ないさ。菊香さんがいちばんに知らされた。貞次郎たち亀岡家の家族も、俺より先だったんだろ？」

貞次郎がうなずいた。

「あの頃、白瀧家は姉上の奉公先でしたから、勇実先生と父が何度か手紙をやり取りして、お家の事情などをお互い率直に明かしていたんです。その流れで、早めにお知らせしてもらいました」

「そういうことらしいな。さて、千紘さん。暗くならないうちに帰るぞ」

龍治に促され、千紘はのろのろとうなずいた。

菊香が千紘を呼び止めた。

「千紘さん、気が進まないのなら、泊まっていってくれてもいいのですよ」

「いいえ、今日は帰るわ。わたし、頭を冷やさなくちゃ。でも、ありがとう」

「そう。では、気をつけて」

千紘はごまかすように微笑んだ。

「次に会うときは、わたし、もっと、しゃんとしているから。子供のように駄々《だだ》をこねるのは、もうこれっきりにします。今日は本当にごめんなさい」

他人行儀なくらい丁寧に、深々と頭を下げる。きれいなお辞儀の仕方は、百登枝に教わった。

武家のおなごに生まれたのですもの。凛《りん》としていましょうね。

千紘がわがままを言ったり泣きべそをかいたりすると、百登枝は穏やかな声でそう説《と》いて、千紘をたしなめたものだった。

面《おもて》を上げて背筋を伸ばすと、気持ちがぴりりと引き締まった。菊香の柔らかな笑みを見つめ返し、わたしもしっかりしなきゃ、と胸の内で繰り返す。

千紘の話がひと区切りしたとみなしたようで、龍治が口を開いた。少し改まった声音《こわね》で菊香に問う。

「勇実さんからの頼まれ事で、菊香さんに一つ尋ねたい。八丁堀のこのあたりで花のきれいなところって、どこかな？」

「花ですか。それなら、鉄砲洲《てっぽうず》の湊稲荷《みなといなり》でしょうか。種々《しゅしゅ》の桜が植えられていますし、今はちょうど梅や桃も見られるでしょう」

「なるほど、鉄砲洲の湊稲荷だな。ところで、明日の昼前、菊香さんは空いてるかい？」

「ええ」

不思議そうにうなずく菊香に、龍治は軽く深呼吸して告げた。

「勇実さんが、来てほしいってさ。朝四つ（午前十時頃）、鉄砲洲の湊稲荷に。大事な話をしたいんだそうだ」

千紘は息を呑んだ。

「大事な話って、それは……」

「言うな、千紘さん。どんな話かはわかりきってるが、今ここで俺たちが語るべきことではないだろ」

姉上、と貞次郎が菊香に呼びかけた。少し厳しいくらいの、張り詰めた調子だ。

「はぐらかしたり逃げたりしちゃ駄目ですよ、今度こそ。先日、白瀧家での奉公を辞めるときも、ろくに勇実先生と話さずに帰ってきたでしょう。しかもそれっきり、会いにも行っていない。そういうのは駄目です」

菊香は目を泳がせた。

「明日、どうしても行かねばならないのですか？　勇実さまが快復された以上、わたしはもう、さほどお役にも立てないでしょう。この期《ご》に及んで、何のお話があるというのでしょうか」

「姉上、違いますよ。勇実先生にとっての姉上は、役に立つとか立たないとかの値打ちで測れるようなものじゃないんだ。そろそろわかってください。わかろうとしてあげてください」

龍治が真剣な顔で言った。

「俺からも頼むよ、菊香さん。話をしたいっていう勇実さんの求めに、明日だけは必ず応じてやってほしい」

「明日だけ……」

「菊香さんが勇実さんのことをどう思ってるのか、正直なところ、俺にはわからない。だから、勇実さんを受け入れてほしいなんて勝手なことは言えないけど、嫌なら嫌だって、おといきやがれって、言葉で答えてやってほしい。逃げるのだけはやめてくれ。頼む」

龍治は機敏な動きで頭を下げた。菊香は答えない。

ぱっと顔を上げると、龍治は千紘に笑いかけた。

「これで俺の用事は済んだ。帰ろう」

「ええ。では、またね、菊香さん」

黙ったままの菊香に手を振って、千紘は龍治とともに帰路に就いた。

三

「せっかくだから、鉄砲洲の湊稲荷にお参りしていこうぜ」

龍治が言い出したので、寄り道をすることにした。

湊稲荷は、その名のとおり、大川が江戸湊《えどみなと》に流れ込むのを望むあたりに位置している。朱塗《しゅぬ》りの垣根が、少し離れたところからでも目についた。

境内《けいだい》は広々としていた。どっしりと立派な木々の枝には、芽吹いたばかりの若葉の色が鮮やかだ。とりわけ、大きな柳の枝がつやつやした緑色に輝いているのに、千紘は目を惹かれた。

富士山の溶岩でできた、ごつごつとした富士塚があった。傍らの看板を見れば、鉄砲洲富士と呼ばれているらしい。お山への祈りを捧げながら、本物の富士山に登る代わりに、この富士塚に登るのだ。

龍治は、思いのほか熱心に、本殿にも富士塚にも祈りを捧げていた。あれこれ考え事をしてお参りに集中できない千紘は、じっと目を閉じて何かを祈っている龍治の横顔を、つい見つめてしまった。西日を受けて、まつげの影が頰に落ちている。額や鼻筋がきらきらしている。

まぶたを開くと、その目はひときわ、きらきらしていた。龍治は千紘のほうを見て、にっと笑った。

「よし、神頼みも済んだ。行こうか」

「はい」

千紘はうなずいて歩《ほ》を踏み出した。

龍治の背中を見つめながら少し遅れて歩いていたら、急に龍治が振り向いて千紘に手を差し出した。思わぬことで、足を止めてしまう。

「離れるなよ。はぐれるぞ」

「はぐれません」

「じきに暗くなる。連れ去られでもしたら大変だろ。江戸の町が平穏なわけじゃあないってこと、身に染みたばっかりじゃないか。俺の目の届くところ、隣を歩いてくれよ」

龍治は有無を言わさず、千紘の手首をつかんで引き寄せた。千紘は戸惑いながら、龍治の隣を歩きだす。

こっちから行こう、と龍治が示したのは、深川《ふかがわ》を通って本所へ帰る道だ。日暮れから夜にかけては、酒食を供《きよう》する船宿や芸妓《げいぎ》を抱える茶屋、居酒屋の多い深川は、独特の熱気に包まれる。

日本橋《にほんばし》の武家地のほうへ龍治の足が向かないのも道理だった。以前、そのあたりで遠山が火牛党の襲撃を受けたと聞いている。鼠小僧こと次郎吉の機転もあって、辛くも難を逃れたという。

亀島川《かめじまがわ》に架かる高橋《たかはし》と、大川に架かる永代橋《えいたいばし》を渡って、深川佐賀町《ふかがわさがちよう》に至る。縦横《じゆうおう》に水路の走る景色の中、軒行灯《のきあんどん》のともり始めた料理茶屋のにぎわいを横目に、川風を浴びて歩いていく。

しかし、千紘はやはり、どうしても人目が気になった。

「龍治さん、手を放して。武家のおなごが男の人と連れ立って歩くものではないわ。はしたないと思われてしまう」

千紘が腕を振ると、龍治は素直に手をほどいた。

「俺と歩くのは、そんなに気まずいか?」

「龍治さんだからってわけじゃありません。相手が誰であっても、よくないでしょう?」

「だったら、俺は用心棒でございって格好をしてくりゃよかったかな。それなら、武家のお嬢さんに付き従って歩いても、おかしくないだろ」

「付き従うだなんて、やめてください。龍治さんがどんな格好をしていたって、わたしが気にしてしまうの。もう子供ではないのだから、もっときちんとしたいのに……ああもう、今日は何だか、うまくいかないことばかりだわ」

ため息をついた弾みで、足が動かなくなってしまった。

龍治が二歩ぶん先で立ち止まり、振り向いた。

「疲れてるだろ、千紘さん。心も疲れてそうだし、足取りもずいぶん重い。体、つらいんじゃないか?」

「そうね。近頃あまり出歩いていなかったから、八丁堀まで急いで歩いたら、足がすっかり疲れてしまったんです」

「負ぶってやろうか?」

「歩けないほどではないわ。からかっているんですか？」

ちょっと睨むと、龍治は笑って手を振った。

「からかってないよ。心配してんだ。近頃の千紘さんは気張りすぎだぜ」

「そんなことないでしょ。まだまだ足りないんだもの」

「焦るなよ。百登枝先生、勇実さんに源三郎先生と、千紘さんが手本にしている人は、素晴らしい先生たちだ。一朝一夕《いっちょういっせき》には追いつけないさ。千紘さんはよくやってるよ」

「でも、同い年の将太さんは、わたしよりちゃんとできているわ。それに、さっきも見ていたでしょう？　菊香さんに八つ当たりをしてしまった。兄上さまの話も聞いてあげられなかった。わたし、本当に子供みたいよね。自分が嫌になる」

龍治が千紘の顔をのぞき込もうとする。いつしかうつむいていた千紘は、目を上げることができない。

「嫌にならなくていいよ。俺は、千紘さんのそういうところ、気に入ってるんだけどな」

「意地悪を言わないでください」

「千紘さんはいつも一生懸命だから、勢いがつきすぎて空回りすることがある。

こうと決めたらまっすぐ進んでいけるから、壁にぶつかって落ち込んだりもする。確かに危なっかしいが、そういう千紘さんを見ているのが、俺は楽しい」

「困ります。わたしは、そそっかしくて失敗ばかりの自分をどうにかしたいと思っているのに」

なあ、と龍治はひときわ声を明るくして言った。

「やっぱり気晴らしが必要だな。これからは日を決めて、毎月どこかに出掛けることにしようか？」

龍治と同じくらい明るく、うん、と声を弾ませてうなずけたらいい。しかし千紘は、嘆息しながらぼそぼそと応じた。

「今はそんな余裕がないの。わたしは、わたしの役割を果たさなければならない。いいえ、それ以前の話ね。兄上さまが自分だけで湯島へ行くと決めてしまったから、わたしのこれからのことも、何ひとつわからなくなってしまったわ」

「わからなくなったって、何が？」

「いろいろなこと。わたし、あの手習所を兄上さまから引き継ぐことになるのよね？　将太さんと二人で、男の子も女の子もいる手習所を続けていく。そうしたいと思っているけれど、でも……」

不意に龍治が千紘の手を握った。手首をつかんで引っ張るのではなく、手を握ったのだ。

龍治の手のひらは熱くて、いくらか汗ばんでいる。龍治は千紘の手をぎゅっと握った。節のところのごつごつしたのが少し痛いくらい、龍治は千紘の手をぎゅっと握っていた。

「さっき、勇実さんのぶんは神頼みしてきたんだよ。明日、親友がここに来て、惚れた人を相手に一世一代《いっせいちだい》の大事な話をするから、うまくいくように見守っててほしい、と。でも、俺自身のことは、自分でけりをつけると決めた」

龍治は千紘の手を引いたまま、歩きだした。

小名木川《おなぎがわ》に架かる万年橋《まんねんばし》を渡る。

仕事帰りの老いた職人が、すれ違いざま、道を空けながらじろじろと見てきた。

恥ずかしくなって、千紘は目をそらした。龍治の体の向こう側に、西日の橙《だいだい》色《いろ》の光をちりばめた大川が見える。

「ねえ、手を放して。人に見られてしまう」

「放さない。離れていってほしくないから。隣にいて話を聞いてほしいから。この手は、今は決して放さない。大事な話をしたいんだ」

どこからか、夕餉の味噌汁の匂いが漂ってくる。

母が子を呼ぶ声。売れ残りを捌《さば》いてしまおうとする振り売りの大声。一杯引っかけて帰らないかい、と調子のよい客引きの声。道を行き交う人々のにぎわい。

でも、龍治の声は、どんな物音よりも誰の声よりも鮮やかに、千紘の耳に飛び込んでくる。

「千紘さんには、うちの離れで手習所を続けてほしい。勇実さんがいなくなっても、千紘さんは本所に残ってくれるだろ？」

「ええ。できれば」

「できるから、訊いてんだ。千紘さんが本所のどこに住むかって、いくつか手はあると思うけど、俺がいちばん望んでることを、まず言ってみていいかな？」

龍治の手が一瞬、震えて脱力した。

ほんの一瞬の後には、その手は再び千紘の手をぎゅっと握った。

千紘は龍治を見上げて、うなずいた。龍治の望んでいることを知りたかった。

唇を噛んだ龍治は、千紘を見つめ返して言った。

「俺と夫婦《めおと》になってください。ずっとこうして隣にいてほしい。千紘さんのことが好きだ」

　思わず足が止まった。

　聞かせてほしいと望み続けていたはずの言葉なのに、なぜだか驚いてしまった。驚きながら、あまりにも嬉しくて、あっという間に涙があふれてきた。

　立ち止まった龍治は、手をつないだまま、小首をかしげるようにして千紘の顔をのぞき込んだ。

「千紘さん、返事は？」

「わたしでいいの？　こんなに子供っぽくて、すぐふてくされるし、失敗ばかりで情けない、わたしでいいの？」

「そんな千紘さんがいいんだ。何度でも言うよ。俺は昔から千紘さんが好きだった。いつか夫婦になれたらと、もうずいぶん前から思っていたんだ。これって、俺の勝手な望みかな？」

　千紘はかぶりを振った。あふれる涙もそのままに、ようやく微笑んで答えた。

「わたしも、望んでいました。いつか夫婦になれたらって。よろしくお願いします。龍治さんのこと、ずっと前から大好きだった」

　龍治は照れたように笑った。

「そっか。ありがとう。これからもそう言い続けてもらえるように、精進《しょうじん》するよ」

千紘はうなずいた。どんどんあふれてくる涙のせいで、ろくに返事もできない。

龍治の手が優しくその涙を拭ってくれた。

竪川《たてかわ》に架かる一ツ目橋《ひとつめばし》を渡る頃には、すでに日が落ちていた。黄昏時《たそがれどき》の薄明るい中を、龍治に手を引かれて歩いていく。

恥ずかしいからと言う千紘の言葉を聞き入れて、人が多い深川を突っ切る間は、龍治も手を放してくれていた。が、夜が迫ってひとけが少なくなってくると、再びこうして千紘の手を握ったのだ。

道場の門前を掃き清めるほうきの音が、思いのほか遠くまで聞こえていた。

近づいてみると、寅吉が掃除をしているところだった。

下っ引きの寅吉は、捕物に駆り出されてくたくたになっている日でも、必ず矢島道場に顔を出す。いくら稽古を重ねてもなかなか強くなれずにいるが、誰よりこまめに掃除などをやってくれるのだ。

千紘と龍治の姿に気づいて、寅吉はぺこりと頭を下げた。

「お帰りなさいませ！　夕餉はもうできていると、さっき奥さまがおっしゃっており……」

　おりやしたよ、とでも続けようとしたのだろうが、寅吉は途中でぽかんと口を開けた。と思うと、「あーっ！」と大声を上げた。

「何だ、どうした？」

「ど、どうしたって、龍治先生！　千紘お嬢さんと手なんかつないじゃって！　あー、あーっ！」

「手ぐらい、つないでいいだろ。そう騒ぐことか？」

　龍治は平然としてみせているが、千紘は恥ずかしくてたまらなかった。龍治の手は力強くて、振り払うこともできない。それどころか、逃がさないと言わんばかりに、しっかりと指を絡《から》める握り方をされてしまった。

　寅吉は口をへの字に歪めると、感涙《かんるい》にむせび始めた。

「だって！　だって、手前は嬉しいんでさあ！　龍治先生と千紘お嬢さんっていう、人生でこの上ないほどの贔屓のお二人が、ついに、ついにこうして手と手を取り合ってんですよ！」

「そいつはありがとな」

「祝言《しゆうげん》の日取りはいつですかい？」

「まだそこまで話を進めてねえよ。親父にもおふくろにも言ってねえし」

「えーっ！　じゃ、今すぐ言ってきておくんなせえ！　善は急げってやつです。ほら、早く！」

「わかってるって。騒ぐなよ。でも、そうだな。寅吉の言うとおり、善は急げだ。親父とおふくろと、勇実さんにもきちんと話をしよう。祝言も、遠くないうちに挙げられたらいい。な、千紘さん」

龍治のはにかんだ笑顔に、千紘はこくりとうなずいた。

四

大木の桜が満開なのに比べると、その桃の木はちんまりとして、人目につかないらしかった。花もまばらに咲いているだけだ。富士塚や見事な柳からも離れたところにあるので、そもそもこちらに足を向ける人が少ないのだろう。

だが、陽だまりの中のその桃の木が、勇実の目にはくっきりと浮かび上がって見えた。

菊香が、自分よりもほんの少し背の高い桃の木のそばにたたずんでいる。勇実の姿を見つけ、会釈をした。

鉄砲洲の湊稲荷のどこで、と細《こま》かに約束していたわけでもないのに、菊香がそこにいることが、なぜだか初めからわかっていた気がする。引き寄せられるように、勇実は桃の木のもとへ足を運んだ。

「お待たせしてしまったようですね」

「少し早く来ていたのです。何となく、気が急《せ》いてしまって。それより勇実さま、お体、大丈夫ですか？」

菊香が眉をひそめたのは、勇実が息を切らしているせいだろう。本所相生町の屋敷から鉄砲洲の湊稲荷まで、一里にも満たない。それだというのに、ここへ歩いてくるだけで、足腰も呼吸もつらかった。

「すっかり体がなまっていて、情けない限りです」

「どこかに座られますか？」

「いえ、大丈夫。座ったところで、心の臓が騒ぐのは落ち着きそうにもありませんしね。昨日は千紘が迷惑を掛けてしまったようで、失礼しました」

菊香はかぶりを振った。

「千紘さんが混乱してしまうのも無理はないと感じました」

「私がもっとうまく立ち回っていればよかったのでしょうが」

「いろいろありましたもの。それに、千紘さんこそ、わたしが知らないうちに自分の進む道を決めてしまって、わたしを取り残していたのに。そういうこと、気づかないものなのでしょうね」

「去年のことですか。千紘が手習いの師匠としてだんだんと忙しくなって、菊香さんともなかなか会えなくなっていった頃のこと」

「ええ。わたしは奉公先を見つけられずにいたから、まっすぐに進んでいける千紘さんがあまりにまぶしくて、つい我が身と比べては焦っていました。そのせいで、勇実さまに八つ当たりをしてしまったことも」

口にしかけた言葉を呑み込んで、菊香はまた、かぶりを振った。仲違いをしてしまったあの件については、もう決着がついている。仲直りはできているのだ。

勇実は深呼吸をした。

ほのかな桃の香りを、胸いっぱいに吸い込んだ。

「八丁堀にはたまに訪れていたのに、湊稲荷に来たのは初めてです。富士塚が立派でお参りの客が多いと聞いていたもので、人混みは嫌だなと思ってしまって」

「人が多いといっても、武家屋敷の立ち並ぶ八丁堀の外れですよ。お店の多い日本橋や両国、浅草のにぎわいに比べたら、かわいいものです。朝夕には、この広々とした境内で剣術の鍛錬をする子供たちの姿もあります」

「よい場所ですね」

「貞次郎が幼かった頃は、よくここに連れてきて遊ばせていました。母も一緒に来て、四季折々の花の名を教えてもらったりもして」

「素敵です。私は花に詳しくありませんが、花を見ていると気持ちが明るくなりますね。この境内は、まさに柳緑《りゅうりょく》花《か》紅《こう》といった、春の木々が美しい。こういう場所で話をさせてもらいたかったんです。菊香さん」

菊香は微笑んだままだったが、ぴりりと気が張り詰めた。

「何のお話でしょう？」

まるで剣客《けんかく》だ、と勇実は思った。立ち合いの勝負を挑まれているかのようだ。

勇実は、受けて立たなかった。身構えず、斬られることも辞さないつもりで、まっすぐな言葉を口にした。

「菊香さん、あなたに縁談を申し込みに来ました。湯島へ移るとき、一緒に来てほしいんです。ご存じのとおり、私はぐうたらで、一緒になったらきっと苦労や面倒を掛けてしまうことでしょう。でも、あなたを大切にします。あなたが自分を傷つけてきたぶんまで、私が必ず、あなたを大切にします」

まだ息が切れている。いや、心の臓があまりにも高鳴るから、また息が切れてしまったのだ。

上《うわ》ずりそうな声をなだめるため、息を深く吸って吐く。

菊香が長いまつげを伏せた。

「縁談なら、父におっしゃってください。わたしがお答えすべきことではないはずです」

「お父上には、すでに申し上げました」

「えっ……」

菊香は顔を上げた。純粋な驚きのほかには、笑みも怒りも怯えもない。

「お父上とお母上、貞次郎さんにも許しをいただいた上で、この話をしています。私は、菊香さんに決めてもらいたいと思ったんです」

「なぜ、そんなまだるっこしいことを……武家の縁談など、本人のあずかり知れぬところで勝手に決まってしまうものでしょう？　勇実さまもおかしなことをなさるのですね」

おかしなこと、と断じてのけた明快さに、勇実は少し笑った。

「お父上は大変柔軟なかただ。菊香さんにも貞次郎さんにも、このように生きよと強《し》いたりはしない。無理強いなどすれば、菊香さんは己を粗末に扱ってしまうし、貞次郎さんは何をしでかすかわからないから、とのことですがね。縁談を結ぶ相手は自分で選んでほしいと言い切ってらっしゃいましたよ。お父上の意を受けて、貞次郎さんはすでに選びましたが」

「次はわたし、ということでしょうか？」

勇実は軽く目を閉じ、深呼吸をして目を開けた。

失うものはない。菊香に断られてしまうとしても、もとより菊香は勇実のものではないのだ。

だから、素直に言ってしまえる。それに、弱って情けない姿をさんざん見せた後だ。今さら格好をつける必要もない。

「私は、己のために学問の道を行きます。学問とはいっても、儒学ではなく史学ですからね。こたび学問所に抜擢《ばってき》される以上の出世は、今後はもう見込めないでしょう。でも、私はその道を選んだ。菊香さんから見て、いかがですか？　出世の道など放り出して、やりたいことをやるだけの学者の私は」

「勇実さまらしいと思います。勇実さまにとって、最も幸せな道でしょう」

「はい。私は選びました。当たり前の武士には考えられないほどの、何とも恵まれたわがままな道を、己のために選んだ。だから、菊香さんにも選んでもらいたいんです。否という答えでも、それが菊香さんの本音なら、むろんかまいません。でも、よかったら縁談を受けてもらいたい」

菊香の目が泳ぐ。桃の花、勇実、己の肩。そしてうつむく。きつく嚙みしめられた唇に、歯形がつくのが見えた。その唇が動いた。

「わたし、決して誠実ではありませんよ。性根がとてもずるいのです」

「ずるい、とは？」

「千紘さんのことが誰よりも大切だと思っていた頃がありました。それは、千紘さんがわたしをいちばんの友だと言ってくれたから。友としてではありますが、いっとう特別な想いをわたしに向けてくれたから。わたしはその想いを受け取って、鏡のように、千紘さんを特別に想い、慕っていました」

「鏡ですか」

「でも、千紘さんはわたしから離れていきました。手習いの師匠になるという、己の道を進むにつれ、ともに進んでいける龍治さまこそが、千紘さんの特別になった。誰も割って入ることなどできない、本当に特別な間柄です。わたしは鏡ですから、千紘さんがこちらを見なくなって、その姿を映せなくなりました」

うつむいたままの菊香の口元が、一度、泣きだしそうな形に歪んだ。

前にもそんな顔を見たことがある。深川の船宿で一夜を過ごすことになったとき、千紘のことが大切だと語りながら、大事なものを取り上げられた幼子のように、泣きそうな顔をしていた。

菊香は両手を強く握り合わせた。

「その次が、勇実さまです。怪我と病で体が利かなかった間、わたしのことを誰より必要としてくださった。わたしはそれが嬉しかった。その姿を鏡に映すように、わたしも、おそばにいて尽くすことができて、幸せだとさえ感じていました。ですが、勇実さまはもう、手助けなしに暮らせるでしょう?」

勇実は合点がいった。菊香が、まるで逃げるようにあっさりと白瀧家での仕事を辞めてしまった本当のわけに、今、唐突に気づいたのだ。

「もしかして、私が菊香さんへ寄せる想いがなくなってしまうことが、恐ろしかったのですか?」

菊香は小さくうなずいた。

「誰かに必要とされたいのです。誰かのお役に立てるのならば、わたしは、自分がこの世にあることを許せるから」

「必要です。私には、菊香さんが必要なんですよ。体の世話をしてほしいからでも、家の仕事を任せたいからでもない。ただ、どうしようもなく、菊香さんにはそばにいてほしい、それだけなんです」

「わかりません、そんなの。なぜそう言い切れるのですか？」

勇実は一歩近づき、膝を屈め、菊香の顔をのぞき込んだ。不安げに揺れるまなざしをつかまえ、微笑んでみせる。

「前にも告げたことがありますが、菊香さん。私は、菊香さんのことが好きなんです。千紘や筆子たちも菊香さんを好いている。でも、私があなたに向ける気持ちは、違うんです。私はあなたが好きだ。生涯でただ一人、あなただけが、私にとって特別だ。いつ、どんなときでも、私はあなたを必要としています」

菊香が肩で息をした。くしゃりと泣き笑いに顔を歪める。

「そんなふうにおっしゃってもらっても、わたしは、ちゃんとお返しできるかどうかわかりません」

「嫌ではないのですよね？　私が向ける想いを、菊香さんの鏡に映すこと」

「……嫌なはず、ありません」

「それなら、よかった」

「ですが、わたし、どう言ったらいいのか……わたし……」

勇実は、ゆっくりと菊香の手に触れた。厭《いと》うそぶりがないのを確かめて、そっと、その両手を包み込んだ。

「私と菊香さんは別々の人間です。抱く感情が違っているのは当たり前のこと。私と同じ気持ちではないとか、同じだけのものを返せないとか、そういうのは仕方のないことです。人の気持ちは、この胸の内から取り出して、大きさや重さや熱を測れるものではありませんからね」

勇実の手の中で、菊香の手の強張《こわば》りがほどけてくる。看病してくれていたときには、まだ肌寒い日々だったから、冷えていることも多い手だった。

今は温かい。勇実の手も菊香の手も、春らしいぬくもりの中にある。

「でも、菊香さん。同じ気持ちというのが幻なのだとしても、私は、あなたとの間にその幻を見てみたい。菊香さんのことが好きです。もし、できることなら、私を好いてもらえませんか？　菊香さんの鏡に私を映してもらえませんか？」

菊香は目を閉じた。両目の端から涙が流れ、頬を伝って落ちた。

まぶたを開いた菊香は、はにかむように笑った。

「……はい」

「あなたに縁談を申し込んでいいでしょうか？」

「はい」

勇実は、震えそうな声を励まして、言った。

「湯島でともに暮らしてほしいのです。一生かけて、あなたを大切にしたい。私と一緒になってもらえませんか？」

菊香は、うなずいた。

「はい。どうか一生、大切にしてください」

「ありがとう」

勇実は菊香を抱きしめた。

桃の匂いの春風の中、菊香の髪や着物から、くちなしの匂いがふわりと香った。

鳥居をくぐって表に出ると、千紘と龍治の姿があった。勇実は目を丸くした。

「なぜ二人がここに？」

千紘が膨れっ面をした。

「だって、心配だったんですもの。兄上さまがまた、へまをしでかすのではないかと思って」

「そのためにわざわざ手習所を抜けてきたのか？」

「何よ、その呆れ顔。筆子たちには話を通してきました。兄上さまの行く末については、わたしだけが心配しているわけではないんですよ。手習所の皆で気に掛けていることなんですから」

龍治がなだめるように千紘の肩をぽんと叩いた。

「責めるのはそのくらいにしとけよ。どうやら心配は晴れたようだしな。そうなんだろ、勇実さん？」

勇実は龍治にうなずいてみせた。

「菊香さんがこれから一緒に来てくれることになった。私ひとりではないから、新しい暮らしも、きっと大丈夫だ」

まなざしを向けると、菊香も微笑んでうなずいた。

おめでとう、と龍治が言う。龍治さんこそ、と返す。照れくさくて、お互い小さな声になった。

龍治は昨日、千紘とともに、白瀧家の座敷で改まって勇実に頭を下げに来た。

ちゃんと二人で話して、夫婦になると決めたのだ、と。

勇実が湯島へ移ることを千紘に黙っていた件については、結局、千紘は最後までむくれていたようだが。

確かに千紘に対しては少し意地の悪いやり方だったかもしれないと思いつつ、勇実も弁明はしていない。だから、おあいこだ。

千紘が菊香に抱きついた。

「菊香さん、兄上さまをよろしく。たくさんお世話をかけてしまうと思うけれど」

「はい。勇実さまのこと、大切にしますね」

「あんまり甘やかさなくてもいいのよ。だって、兄上さまに菊香さんを取られてしまうのは、やっぱりちょっと悔しいんですもの」

「取られてしまうだなんて。わたしは、いつまでも千紘さんにとって一番の友でありたいと思っていますよ」

「わたしも。菊香さんとはいつまでも、夫婦とは違う形の特別な間柄でありたい。でも、ちょっと不思議よね。菊香さんがわたしの姉上さまになるんだわ」

ああそうか、と龍治が手を打った。

「勇実さんが俺の兄上か。改めてよろしくな、兄上」

「よしてくれよ、照れくさい」

「いいじゃねえか。俺、昔から、勇実さんを兄上って呼んでみたかったんだぜ。千紘さんと夫婦になるという意味じゃなくて、もっと単純な話。勇実さんみたいな兄上がほしかったんだ」

龍治の言葉に、胸の内がどうしようもなくくすぐったくなった。

「頼りない兄かもしれんが、よろしく頼むよ」

千紘が菊香から身を離しながら、勇実に言い渡した。

「頼りないだなんて、自分で言わないで。これからは頼れる男になってください。菊香さんを困らせたり、お勤めを怠《なま》けるようなことがあったら、わたしが叱りに行きますからね」

「叱られてたまるものか。私は、大切な人を困らせたりなどしない」

菊香が目を丸くして、勇実を見上げた。

大切な人、と言葉にするだけで、なおさら、いとおしさが込み上げてくる。

花がほころぶように、菊香が笑った。勇実もつられて笑顔になる。千紘と龍治が顔を見合わせ、くすくすと笑っている。

幸せそうな妹と親友に、胸の内でこっそりと、今までありがとうと告げた。そして、幼かった日々、未熟だった頃の自分たちに、さよならと告げた。
春のぬくもりの中、勇実は愛しい人の手をそっと握った。優しく握り返してくれる菊香と二人、新しい日々を大切に築いていきたい、と思った。

拙者、妹がおりまして。
お転婆《てんば》で世話焼きで兄思いの妹がおりまして。
しかしながら、これからは、別々の道を歩むことになり申す。
各々《おのおの》、かけがえのない伴侶《はんりょ》と暮らしていくことを選びましたゆえに。

ただ、
こうして時には、懐かしき日々にそうしていたのと同じように、
顔を合わせては軽口を叩き、笑い交わしたりなどして、
いつまでも仲良き兄妹《きょうだい》でありたい所存にございます。

（了）

この作品は双葉文庫のために書き下ろされました。

双葉文庫

は-38-10

拙者《せっしゃ》、妹《いもうと》がおりまして⑩

2023年7月15日　第1刷発行

【著者】
馳月基矢《はせつきもとや》

【発行者】
箕浦克史
【発行所】
株式会社双葉社
〒162-8540 東京都新宿区東五軒町3番28号
［電話］03-5261-4818(営業部)　03-5261-4833(編集部)
www.futabasha.co.jp(双葉社の書籍・コミックが買えます)
【印刷所】
中央精版印刷株式会社
【製本所】
中央精版印刷株式会社

【フォーマット・デザイン】
日下潤一

ISBN978-4-575-67167-4 C0193
Printed in Japan